捕り物に姉が口を出してきます

五月大福

神楽坂淳

ポプラ文庫

捕り物に姉が口を出してきます

五月大福

神楽坂 淳
Kagurazaka Atsushi

1

辺り一面雨の匂いだった。二日前からじっとりと降り続いている雨が鬱陶《うっとう》しい。一応傘をさしてはいるが、傘というのは下半身は守ってくれない。足元はどうやっても濡れてしまうし、さまざまなものが湿気でやられてしまう。それはきなこ棒も同じことだ。どうやってもきなこがしけってしまう。四月の終わり頃は駄菓子が一番美味しくない季節だった。

涼風榊《すずかぜさかき》は、右手を出して雨の粒を掌に受けると、ため息をついた。

「この時季は駄菓子が美味しくない」

そう言うと、隣を歩いていた夏原蛍《なつはらほたる》が、やれやれ、というような声を出した。

「いやなら食べなければいいじゃない」

「そういうわけにはいかないんだよ」

文句を言ったとき、目の前の家から出てくる一人の男が目に映った。

歩き方がうますぎるな、と思う。いまは雨が降っているからどうしても地面がぬかるんでいる。江戸の地面というのは雨が降るとドロドロになってしまって、歩いているだけで足跡がついていく。

人によって爪先の跡が強くつく人と、かかとの跡が強くつく人がいる。だがまれに、あまり足跡のつかない歩き方のうまい人がいる。

剣術をよくこなす人は足跡がつかない。

だがその男は武士には見えない。いったいどのような仕事の人なのだろう、となんとなく気になった。

それに、こんな時間に家から出てくるのもなんだか怪しい。仕事をしているならもっと早くでかけることが多い。もし寝過ごしたならもっとあわてていてもいいだろう。

「おじさん！」

思い切って声をかける。

「なんだ。坊主」

男は榊を子供だと思って警戒心なく振り向いた。

「足跡がつかないね」

声をかけると、男の表情が変わった。

「なんのことでえ」

「あの家から出てきたけど、おじさんの家?」

「そうだよ」

「でも見ない顔だね」

榊が言うと、男は顔をしかめた。

「へんなこと言うなよ。もう行くぜ」

男があわてて去ろうとする。

「その懐にはなにが入っているのかな。まさか、盗みたてのお金じゃないよね」

「言いがかりはよせよ」

「ちょっと番屋《ばんや》に来てくれないかな」

榊は懐から十手《じって》を抜いた。男が驚いた顔をする。同心や岡っ引きは十手を腰にさすのが普通だ。

遠くから見てすぐに同心だとわかるのが同心の誇りである。

特に同心は自分が同心であることを示したがる。羽織も普通の羽織よりも長くて、裾がひらひらするように仕立てている。刀も腰ではなくて背中に一文字に差す「かんぬき差し」という形である。

履物《はきもの》もかならず雪駄《せった》で、金具がちゃらちゃらと鳴るようになっていた。

つまり、同心が通っているから気をつけてくださいね、と犯罪者に警鐘を鳴らしているようなものである。

かっこいいのかもしれないが、犯人を捕まえる率は下がってしまう。

だから子供のような顔をして歩いている榊としては、十手はあえて隠しているのだ。

男は舌打ちした。後ろにじりっと下がる。足は榊よりも速そうだ。本気を出したら逃げることはできるだろう。

「逃げるかい？」

榊が聞いた。

これには大きな意味がある。自分の意志で同心から走って逃げたら罪は重い。金を返して謝れば済むような罪であったとしても、逃げた場合は相応の重さになる。

「すみません。でき心です」

男は頭を下げた。

「そうか。いくら盗んだんだい」

男が懐から金を出した。一分金が二枚である。

「なんだい。小粒じゃないか」

榊はやれやれと思う。

小粒金は一番よく使われる金である。一両などという大金は庶民が持って歩くことはまずない。

だから庶民にとっての大金は小粒ということになる。

「小粒を盗むって、小判を盗むよりも罪が重いって知ってるかい？」

榊は男を睨んだ。幕府は金額で罪を決めるが、実際のところ、町民にとってみれば、小粒金を盗まれるとその日の暮らしに即座に影響が出る。

金持ちではない相手から盗む方が、盗まれた側の痛手は大きい。

大盗賊よりもこそ泥のほうが罪が重い、と榊は思っていた。

「すまねえ。でき心だ。初めてなんだ」

「それは信じられないな」

「とにかく返すよ」

男が小粒を渡してくる。

「返せばいいってもんじゃないだろう」

榊が言うと、男がむっとした顔になった。

「じゃあどうすればいいんだよ」

盗人たけだけしいとは思うが、追いつめてはかえって開きなおられてしまう。罪を犯す人間は案外悪いことをしている意識がない。捕まったときにというか、死罪になるときに初めて悪いことをしたと気がつく人間が多い。

だから刺激しすぎては逆効果なのである。

「何かひとついいことをするといいよ」

「いいこと?」

「そう。誰かを助けるのでもいいし、他にこんな悪いやつがいるってのを教えてくれてもいいよ」

「他に悪いやつねえ」

男は考えこんだ。誰かを助けるよりは、悪いやつの情報を教えるほうがいいと思ったらしい。

「お。いるいる。いるよ。悪いやつ」

「どんなやつだい」

「鯉のぼりの多作《たさく》ってやつでね。五月の端午《たんご》の節句《せっく》あたりにあちこち盗んで回るやつなんだよ。今年もそろそろやるんじゃないかな」

「どんな男なんだ」

「変わったやつでね。五月に一回、端午の節句のあたりだけ盗みを働くんだ。そして盗みを働いた店に小さな鯉のぼりを置いていくんだよ。本人からすると本物の鯉のぼり代わりってところなんじゃないかな」

「もう少し詳しく知りたいな」

「俺は知らないよ。なんせ正体が摑めないからね」

十手を見たあとでも、榊が子供だと思って男の態度はぞんざいだ。だが、なめられているというのは榊にとってはいいことである。相手の口が軽くなるからだ。

「正体が摑めないのになぜ知ってるの？」

「そりゃあ泥棒のつながりってのがあるから」

言ってから、はっと口を押さえる。

「でき心だったんじゃないのかい」

「すみません」

「名前を教えてもらっていい？」

「善治《ぜんじ》だよ」

「いつでもいいから、鯉のぼりのことを教えて欲しいな」

「どうすればいいんだい」

「そうだな。神田明神《かんだみようじん》のところの木戸番にでもことづけておいてくれ」

「わかった」

「じゃあよろしく」

そう言って榊は去ろうとした。

「俺を信じるのかい」

善治が聞く。

「他にやれることもないだろう」

「絶対行くから」

そう言うと善治はさっさと逃げてしまった。

「やれやれ」

榊は肩をすくめる。実際に約束を守るのだろうか。

「それにしても鯉のぼりの時季だけ盗むってなんなのかしらね」

隣の蛍が言った。

「どうしてなんだろう。雨だからかな」

「雨だとなんなのよ。盗みはしやすいかもしれないけど、本格的に盗みに入るのなら決して有利とは言えないでしょう」

「鯉のぼりという名前がつくなら、何か鯉のぼりに関係のある形で盗みを働いているのではないかと思う」

「気になる？」

蛍が聞いてくる。

「そうだね。一応ね。同心としても気になるけど、子供としてもね」

「端午の節句というと、すっかり男の子のお祭りみたいになってるものね」

蛍が言う。

「そうだね」

端午の節句は元々武家のもので、鎧兜や太刀《たち》を飾って祝う。だがそれらは男の子に人気のものだから、いつのまにか男の子の節句という感じになっている。

鯉のぼりはもともと武家は使わなかったのだが、最近は商家の影響で武家も鯉のぼりを立てるようになっていた。

そうなると豪華な鯉のぼりの競争になり、立派な鯉のぼりを立てることが流行っていた。

「鯉のぼりか」

「あらためてどうしたの」

蛍が言う。

「鯉のぼりの大きさで、どのくらい儲かっているのかわかるんじゃないかな。それを目印にして盗みに入っている気がする」

「確かにそれなら鯉のぼりって名前もわかるわね」

「でも、だからといってどうやって捕まえればいいのか見当もつかないな。一体どんな犯人なのやら」

善治から受け取った小粒金を握りしめる。

「とりあえずこのお金を返そう」

善治が出てきた家に行ってみる。民家かと思ったら質屋のようだ。将棋《しょうぎ》の「歩」の駒が軒先に吊るしてある。

価値の低い「歩」が「と金」になることから、物が金にかわるという「しゃれ看板」である。

しかし、幽霊が出そうなくらいぼろぼろである。

「ここからとるってひどいな」

榊はため息をついた。

中に入ると、隠居している風情《ふぜい》の老人が一人で座っていた。

「こんにちは」

榊が声をかける。

「はいはい。なんだい。布団でも持ってきたのかい」

老人が声をかけてくる。

「お金を盗まれていましたよ」

「なんだって」

「お金を盗まれていましたよ。相方の人はどこですか」

「相方なんていないよ。俺は一人で質屋をやってるんだからな」

老人が胸を張る。

ということはもぐりの質屋ということだ。質屋という仕事は、一人で営業してはいけない。質草の鑑定は必ず二人でやる決まりだった。

一人で営業しているのは、許可を取らずにやっている闇営業の証拠だ。

「脇質《わきしち》ですか。鉄火質《てっかしち》ですか」

榊が聞いた。

「子供のくせに随分とませたことを言うもんだね」

老人が舌打ちした。

脇質というのは無許可の質屋である。どちらかと言うと正規の質屋よりも安いものを扱うことが多い。

長屋などは狭いから、夏になると冬物の布団を質に入れてしまう。代わりに夏用の布団を請け出すのだ。金を借りるんだか倉庫に入れるんだかわからないような使い方をする。

そういった細々したものをやりとりするのであまり儲からない。庶民の役には立つので一応違反だが文句を言う人間はいない。

問題は鉄火質のほうだ。文字通り賭場ではがした「身ぐるみ」を賭場の主が質に入れてきて、あとで負けた人間が請け出しにくる。こちらはやや犯罪に近い。

「脇質だよ。誰にも迷惑なんかかけてないからな」

老人が横を向いた。

「それにしても不用心ですよ。お金をとられるなんて」

「そろそろツケを払う時分だからね。置いておいたんだ」

「月末ですから仕方ないですが、不用心でしょう」

「質屋の金をとってくやつがいるなんて思わないだろう」

確かにそうだ。月末になればその月のツケの集金が来るから、対応が面倒くさい家では裏口の辺りに金を置いておく。相手は自分の店のツケを集金するだけだから手間がない。

そこを悪用すれば簡単に盗みができる。

ただしこそ泥は見つかれば袋叩きである。岡っ引きがやってくるのが早ければ助かるが、ヘタをすれば町民達に川に叩き込まれて死んでしまう。

ある意味牢屋に入るよりも危ないと言えた。それでもやる人間がいるのは貧しさ故に魔が差してしまうからだろう。

榊は老人に金を返した。

「一応気をつけてくださいね」

「そうだな。この金がないと結構困っちまうからな。お礼にお茶でも飲んでいきな。いい饅頭があるんだよ」

老人は嬉しそうに言った。

断るのも悪いので、ごちそうになることにした。

「こいつをどうぞ」

足を洗う水と手拭いを準備してくれる。雨の日に人の家に上がり込むのは、これがあるから躊躇《ためら》われる。

綺麗に足を洗うと上がり込む。

外側はボロボロだが中は案外綺麗である。大きめの長火鉢に鉄瓶が置いてあって湯気を立てている。

「子供が遊びにくることなんてないからね。嬉しいよ。名前はなんて言うんだい。俺は川吉《かわきち》っていうんだ」

「昔から質屋なんですか？」

「いや、昔は染物をしてた。でも厳しくてさ。やめちまった。まあ、いろんなものから逃げた人生だったな」

川吉は笑うと、大福を出してくれた。

「こいつはね、五月《さつき》大福って言うんだよ。四月の終わりから六月くらいまでの名物なんだ」

見ると、大福の表面に桔梗《ききょう》の葉が貼りついている。

「これは桔梗ですか」

「店の名前が桔梗屋って言うんだ。そのせいだろう、日本橋《にほんばし》にあるんだよ」

「中も桔梗の味なんですか」

「そいつは食べてからのお楽しみだ」

川吉が笑った。

食べてみると、予想に反して餡の中に小梅の刻んだものが入っていた。カリカリとした食感と塩味が絶妙である。

塩気のあるものが入っているから、餡子の部分がより甘く感じられる。

桔梗の葉に少し苦みがあるのも刺激になっていた。

「美味しいですね」

隣の蛍が嬉しそうに言った。

「ああ。こいつを美味しく作るのは難しいらしい。本来ばらばらな味のものをひとつにまとめ上げるのはかなりの技らしいぜ」

「なんとなくわかります」

蛍も同意した。

「ところでずいぶん若いけど、兄妹って感じでもないな。夫婦かい？」

「まったく関係ないです」

榊が答えると、いきなり左の耳をひっぱられた。

「ええ。夫婦ではないです」

笑顔で蛍が答える。

「実は同心見習いなのです。彼女は幼馴染で手伝ってくれています」

榊は正直に言った。隠してもしかたがない。

「見習いか。それならその年齢も納得がいくな」

川吉が頷いた。

「しかし、それなら父親の組に入って修業してるんじゃないのかい」

「特別な事件があって分かれて行動しているのです」

「事件というのは？」

「鯉のぼりの多作という賊の話を聞きまして」

「へえ。盗賊かい」

「何かご存じのことはありますか」

「そいつのことは知らないけどな。何を盗んだのかがわかれば、もしかしたら手がかりになるかもしれないよ」

川吉が面白そうに言った。

「どんな手がかりですか」

「盗賊もさ、金だけ盗むとは限らないんだ。呉服屋なら着物を盗むし、とにかく金目の物を盗むわけだ。しかしそいつはどっかで金に換えないと意味ないだろう」

「そのために質屋を利用するということですか」

「そうだよ。もちろんちゃんとした質屋は使わない。もぐりの質屋に頼んで金に換えるんじゃないか」

「質屋はそれをどうやってお金にするんですか」

「質流れということならなんとでもなるさ」

「このお店も盗品を扱うんですか」

「俺はやらないね。それが見つかったらこっちがやばいからな。そういうことをするのはもともとやばいものを扱ってる鉄火質の連中だろう」

「その人達はどこにいるのですか」

「それは俺もわからないなあ。あの連中の中には看板を掲げてないやつもいるからね。賭場の連中じゃないとわからないよ」

さすがに賭場に行くには榊は子供すぎる。

「佐助《さすけ》にお願いしてみるかな」

「いいんじゃない」

蛍が同意する。

「またお話を聞かせてください」

榊はそう言うと立ち上がった。

「いつでも来てくれよ。客は歓迎だ」

店から出ると、まだ道はぬかるんでいるが、今日は降りそうになかった。雨が降っていないというだけでなんだかほっとする。

「夫婦に見えるのかしら」

蛍が言った。

「見えないだろう」

「そう。まあそうね」

妙に不機嫌な声で蛍が言った。

「どうかしたのか」

「どうもしません」

つんとした蛍の様子を見ても、榊には打つ手がない。

なにかまずいことをしたのかもしれなかった。

そんなことを考えているうちに、神田明神のところの木戸番に着いた。

ここの一文菓子を朝食にするのが榊の日課である。

「お。おはよう」

木戸番の函太郎《かんたろう》が声をかけてくる。

「きなこ棒をくださいな」

「あいよ」

もらって食べる。きなこがしけっていてあまり美味しくない。

「美味しくないよ」

無駄だとわかってはいるが、榊は函太郎に文句を言った。

「梅雨どきにきなこ棒なんか食べるからだよ」

函太郎はにべもない。

「何を食べようかしら」

蛍が周りを見回している。

「舎蜜《しゃみつ》はどうだい」

函太郎が言う。

「そうね。それにするわ」

「あ。俺もそれくださいい」

舎蜜というのは、井戸水で冷やした寒天《かんてん》に蜜をかけたものである。梅雨の時季にはひんやりしていて美味しい。

ただ、つるりと一瞬で消えてしまうので普段は食べなかった。

函太郎が舎蜜をふたつ出してくれる。

榊は口の中に放り込んだ。寒天のひんやりした感触と、蜜の甘さが喉を走り抜けていく。

「味なんかわからないだろう、それじゃ」

言いながら、函太郎はからかうような視線を榊に向けた。

「わかりますよ。喉で味わってる」

「蕎麦《そば》みたいなことを言うじゃないか」

「それよりも、善治って男がことづてをもってきたら聞いておいてください」

「誰だい。それは」

「こそ泥です。見逃したかわりに、鯉のぼりの多作という盗賊の話を教えてくれると言ってました」

「ああ。そんな時季だね。榊さんの家はどうなんだい。鯉のぼり」

「もうそんな歳ではありませんよ。これでも一人前ですから」

つい反論する。榊はもう十三歳で、有給の同心見習いである。前髪も落として大人の仲間入りをしていた。

「一人前って言ってる間は半人前さ」

函太郎は元盗賊で、いまは木戸番として幕府の味方である。元盗賊としての情報網を使って情報を提供してくれる。

「本当に一人前なら、自分で言わなくても周りがそうわかってくれるわよ」

蛍が、くすくすと笑いながら口をはさんできた。

「そう思うなら、まず蛍が俺を一人前として扱ってくれ」

「一人前になったらね」

蛍も一人前の部分はあっさりと流す。

「ところで、変わったことはありましたか」

函太郎に尋ねる。

函太郎は木戸番だ。木戸というのは向かい側に自身番がある。なので町で起きた事件はだいたい木戸番の耳にも入るのである。

「こそ泥の組合ができたよ」

「組合?」

「そうだ」

「集まって徒党を組んだということですか」

函太郎が頷く。

そういえば善治もそんなことを言っていた。

一体どうしてそんなことを思いついたのだろう。一味ではなくて組合というのは珍しい。

基本的に盗みを働く人間は人のことを信じない。仲間のことは信じるにしても、他で仕事をしている盗賊と組合を作るなどというのはまずあり得ないことだ。

あるとしたら盗賊達をまとめ上げる力を持った盗賊が現れたということである。

「そうだとすると、もしかしたら奉行所よりも火盗改めのほうがいいのかもしれないな」

「自分でやらないのかい」

「いくらなんでも荷が重いですよ。うかつなことをして迷惑をかけては申し訳ない」

「そうでもないよ。むしろ榊さんのほうが向いてると思うけどな」

函太郎が確信を持った言い方をした。

「どうしてですか」

「子供なら疑われにくいからね。目つきの悪い同心や岡っ引きがうろうろしたら、相手にも一目でわかってしまうだろう」

「一人前じゃないからできるってことですね」

「そういうことだ」

半人前だからいい捜査ができるというのは皮肉なものだ。しかし江戸が平和になるならそれはそれでいいだろう。

「いったいどんな人が組合をまとめているんでしょうね」

榊が言うと、函太郎は声をあげて笑った。

「そんなことがわかったらとっくに捕まえてるさ。わからないから噂として流れているんだろうよ」

「そうですね」

「そもそもこそ泥というのは捕まりにくいんだ。どこにいるのかもよくわからないし徒党も組まないからね」

それはそうだ。そもそも奉行所の記録にもこそ泥というのはほぼない。届けられること自体がないと言ってもいいぐらいだ。

盗賊というのは十人以上で徒党を組んで、何百両と盗み出す。昔のねずみ小僧のように、大名屋敷から千両箱を盗むようなものもいる。

それに対してこそ泥は多くて十両。下手をすれば一分とか二分といった金を盗む。

そんなことをするぐらいなら真面目に働けと言いたくなるような金額である。

だからもし捕まったとしても近所の住人に殴られたり蹴られたりして終わりになることが多い。

そもそも現場で捕まらない限りは捕まることがないのがこそ泥だ。人が死ぬわけでもないし、盗まれて首を吊るような金額でもない。

だからこそ泥の組合と言われても、幕府も動けないといえた。

「組合の頭目を捕まえるというよりは、こそ泥一網打尽ということなんでしょうね」

「まあそうだな」

「でもそれってどうやるのかしら」

蛍が言う。

「それ以前に、それって俺が勝手に捜査して勝手に捕まえるんでしょうか。一応奉行所に報告書を出さないといけないのではないかと思うんですが」

「それがそうでもないのよ」

不意に後ろから声がした。

姉の花織《かおり》が立っていた。

「姉さん?」

姉の花織は、どういうわけか南町奉行遠山金四郎《とおやまきんしろう》とつながりがある。そのツテで榊に指示を出してくることがある。

今日もそのつもりなのかもしれなかった。

それにしてもこの足元の悪い中を、平気な顔をしてやってくるのはすごい。この時季は男も女もなるべく外に出たくない。何をどうやっても裾が濡れてしまうので、女はとにかく外に出ない工夫をするものだ。

しかし、花織は平然としている。

「奉行所はこういうことには動いてくれないのよ」

「そうなんですか？」

「榊は父上が自分でこそ泥を捕まえたのを見たことがある？」

花織が言う。

「そういえばありませんね」

確かにこそ泥を扱ったことはある。ただしそれは番屋に縛られて転がされていた泥棒を引き取ったのであって捕まえたわけではない。

「ああいう小さい事件は町の人が自分で何とかしているものなの。だから奉行所に報告書を出しても誰も何もしないわ」

「では町の人は泣き寝入りなんですか」

「そうよ。まさに泣き寝入りね。でも仕方ないのよ。江戸の町は広いけど、与力と同心あわせても三百人もいないからね。手が回るはずもないわ」

確かにそれはそうだ。小さい犯罪にかまけていて、大きな犯罪を見逃すわけにはいかないというところだろう。

「だから人数外の榊がいいのよ」

「しかし、そもそも誰が泥棒にやられたのかもわからないですよ」

「それこそ聞いて回るといいんじゃない。木戸番で」

花織に言われてはっとなる。

確かにそうだ。表向きはともかく、泥棒に入られたら家の中では愚痴るだろう。一文菓子を買いに来る子供に聞いて回るのがいいかもしれない。

といってもそれだけでは捕まえようもない。こそ泥が入るところに張り込んで捕まえる以外の方法がないのは困ったものである。

「じゃあわたしは行くから頑張って」

花織はそう言うとさっさと行ってしまった。

「相変わらず不思議な人ね」

「あれだけで帰ったのは不思議だ」

いつもならもっとからまれる。あっさり帰ったのはかえって気味が悪い。何か企んでいるような気がした。

「聞いて回ろうにも、毎日雨だから子供も遊びやしないよ」

晴れ間を狙うしかないだろう。

「ところで、鯉のぼりっていう盗賊を知ってますか」

榊は函太郎に聞いた。

「名前はね。ただ顔を見たことがあるやつさえいないんじゃないかな。一味に引き入れたやつにも顔は見せないらしいよ」

「それはなかなか用心深いですね」

「同じ相手とは二度と組まないって聞いたけどな」

「それでよく盗賊がなりたちますね。どこかで裏切り者が出そうなものです」

「関係が薄すぎて裏切るところまでいかないんだろうよ」

函太郎が肩を竦めた。

「盗賊というのは、濃密な関係を築いてからじゃないとできないんじゃないですか。そもそも忍び込むにも技ってものがいるでしょう」

「確かに技を持ってるやつはいるね。でも忍者じゃあるまいし、本格的に修業してるやつなんていやしないよ」

確かに、泥棒の修業する場などありはしない。

「泥棒のみなさんはどうやって修業するんですか？」

思わず聞いた。

「ぶっつけでやってみて、うまくいったらよかったな、という話さ。うまくいかなかったやつは死罪になっちまう」

確かにそうだ。盗賊など始めるとあっという間に死罪になってしまう。生き残っていけば勝手に技が身につくのだろう。

「死ぬかもしれないのにどうして盗賊をするのかな」

「気持ちいいんだよ」

函太郎が言う。函太郎は元盗賊だ。奉行所に協力するのと引き換えに罪を許された。盗賊の気持ちはよくわかっている。

「気持ちいいっていうのは？」

「盗みが成功したときの気持ちの上がりっぷりっていうのは他のものに代えられるものではないんだ。だから一度うまくいくとまたやりたくなる」

綿密に計画を立てて、誰にも知られずに盗みを成功させるのは、確かにやりきったという感じがするのだろう。

「またやりたいと思いますか」

「いちど失敗したからね。失敗すると気持ちが抜けるんだよ」

函太郎が答える。

「そういうものなんですね」

「ああ」

榊が言葉を継ごうとしたとき、

「おはようございます」

小者《こもの》の佐助が声をかけてきた。佐助は榊の面倒を見るためにいる。だから本来は榊の家まで迎えにくることになっている。

しかし、いまの榊は正式な同心ではない。奉行の密命で動いている。なので函太郎のところで合流することにしていた。

「朝から泥棒に出くわしたよ」

「ご活躍でしたね」

佐助がにこにこと笑う。

「見てたの？」

「はい」

「声かけてくれればいいのに」

「お邪魔そうでしたから」

「そんなことはないよ」

「すみません」

佐助はにこにこしている。

「それでさ。鯉のぼりの多作って盗賊がいるらしいんだ。知ってるかい」

「名前は知ってますよ。捕まったことはないから詳しくは知りませんが」

「それはそうだよね」

捕まったことがなければ記録もない。一体どんな男なのだろう。

先ほどまでの雨が止んで、晴れ間とは言わないが空が明るくなってきた。

「鯉のぼりのことは父上に聞いた方がいいだろうな」

榊は隣にいる蛍に言った。

「そうね。過去の調書を調べてもらった方がいいわよね」

蛍はそう言うと大きくのびをした。

「さすがにこういうのはお菓子を食べてても解決しないから」

「全くだね」

そう言いながら神田明神の辺りを歩く。

昼間は神田明神の辺りはとにかく人が多い。もちろんお参りをする人が多いのだが、人通りがあるということは様々なやつが出るということだ。
・とくに神社の境内は人が多い。なんといっても石畳で、他の場所よりも雨の乾きが早いから、雨が止むとすぐに現れる人々がいる。
芸人の類がそれである。わずかな晴れ間を利用して商売をするのだ。

「一人相撲が始まるみたいだね」

榊が言うと、蛍がいやそうな顔をした。

「なに。あれを観たいの？」

「きらい？」

「子供っぽいでしょ」

蛍がそっぽを向いた。

一人相撲は、文字通り一人で行う相撲である。西も東も行事の役も一人でこなす。

芸が達者ならそこそこ稼げるのである。

「東ぃぃぃぃ雷電《らいでん》んんんん」

引退して興行側にまわっている雷電の取組を演じるらしい。一人相撲のいいところは伝説の取組でもありえない組み合わせでも再現できるところだ。雷電という名前に人がわらわらと集まりはじめる。

「行きましょう」

まったく興味がないらしい蛍がうながす。

「そうだね」

歩きはじめると、今度は菖蒲太刀《しょうぶだち》売りが歩いてきた。

「菖蒲ぅぅう、太刀ぃぃぃぃ」

「あれはいらないの？」

蛍がからかうように言った。

菖蒲太刀は端午の節句の飾りである。男の子のいる家ではどこでも飾るようになっている、金や銀の紙で飾り立てた木の太刀だ。

「もう一人前の男なんだからあれは飾らないよ」

菖蒲太刀売りは節句の前だけにやってくる。一年で一回だけの商売だ。

「鯉のぼりは節句を商売にしてる人間なのかもしれないな」

言いながら、周りが何でもかんでも怪しく見えるのはよくないと思う。同心がよく陥る罠で、どんどん性格が歪んでいくのである。

「鯉のぼりの被害にあった人に話を聞いてみるしかないのかな」

「でも姿も見えなかったんでしょう。盗んだ相手が鯉のぼりだってどうやってわかったのかしら」

「小さな鯉のぼりと受取書を置いていくらしいです」

佐助が言う。

「そんなことをするのか」

「盗賊には割といますよ。人を殺さずに盗むようなやつは、自分が誰かっていうのを示したくなるらしいです」

「なんだかそれもおかしな話だな。まっとうな商売でやればいいのに」

「面白くないんでしょう」

「そうだな」

函太郎も、他のものに代えられない気持ちよさがあると言っていた。年に一回盗みを働いて成功するというのは、きっとものすごく気持ちいいんだろう。

だから今年もやるに違いない。

「普段どんな生活をしているんだろうな」

「なぜそんなことを考えるんですか？」

「だってそうだろう。例えば俺なら毎日神田明神のそばで一文菓子を食べる。だから自然と神田に詳しくなるし、盗みを働くなら神田がいいだろう。犯人だって盗みをするときだけ生きてるわけじゃないからね」

「確かにそうですね。榊さんはなかなかやりますね」

「そうなのか」

「同心はそんなこと考えませんよ。お父さんはどうなんですか」

「父上は、そうだな」

榊は父親の小一郎《こいちろう》のことを考えた。小一郎は真面目な同心である。とはいえ、盗賊のことを話すことはまずないが。

「父上と盗賊の話をしたことがあまりないね」

「あれはどちらかと言うと火盗改めの仕事ですからね。同心は忙しいから盗賊まで手が回らないのです」

「それはそうだな」

榊も二年間見習いをやっているからそれはよくわかる。同心というのは歩き回って町におかしなことが起こっていないかを確かめるのが仕事だ。

犯罪者がいれば番屋に縛られて転がっているから調書をつくる。

同心が実際に事件を捜査することはまずないと言ってよかった。

「ではなぜ俺が盗賊を捕まえる役になっているんだ」

「やれそうだからではないですか」

佐助が当たり前のように言う。

「少なくとも遠山金四郎様はそう思われているということでしょう」

確かに奉行の遠山金四郎は榊のことを買っているように見える。それは嬉しいのだが、少々荷が重い気もする。

「榊さんは筋はすごくいいと思いますよ」

「ありがとうございます」

「もっと居丈高に、命令口調で喋ってください」

「お、おう。そうだったな」

佐助は年上だからつい丁寧になってしまう。気をつけないといけないところだ。

「こういうときは、まずどうするかな」

居丈高に佐助に言うと、蛍が笑い出した。

「全然高飛車じゃないわよ。少し無理がありすぎね」

「ほっといてくれ」

　蛍に毒づいてからあらためて佐助に問う。

「どうするべきかな」

「そうですね。どうしたいかにもよります」

「どうしたいか？」

「いいですか。いま盗賊はどこかの店を狙ってます。そして誰かが殺されるわけではありません。だから盗まれるのを待ってゆったり捜査するというのが王道です」

　たしかに誰かが殺されるわけでもないし、店が潰れるわけでもない。盗まれてしまった金が返ってくることもありえない。

「まるで、解決してもしなくてもどちらでもいいという口ぶりだな」

「殺しをやらない限りはどちらでもいいと言ってもいいでしょう。もちろん仕事ですから手を抜いているわけではありませんが、何をおいてもやるということはないです」

「そこは火盗改めにまかせているんだね」

「そうです」

「それで、盗まれるのを待つ以外にやり方はあるのか？」

「相手が盗みに入るところを待ち伏せするというやり方ですね」

「そんなことができるのか」

「店を特定することができれば」

「できるの？」

「考えることはできるでしょう」

佐助に言われて榊は考える。

年に一回の盗み。この広い江戸の町で特定することができるのだろうか。

「少し考えてみる」

「はい」

「まずは過去の鯉のぼりのことを調べよう」

とにかく相手のことを知らなければ手の打ちようもない。

奉行所に申請してみることにした。


そして。

「準備してあげたわよ」

姉の花織が、得意そうな顔で書類の束を目の前に置いた。

「どうして姉さんがこれを持ってるんですか」

「榊を愛してるからかな」

「嘘ですよね」

榊が言う。

「それは本当よ」

脇にいる小町屋紅子《こまちやべにこ》が楽しそうに言った。

柳橋《やなぎばし》にある小松亭《こまってい》という小料理屋であった。時刻は暮れ六つがそろそろ近づいてくるというあたりだ。

榊がいる柳橋は料亭が密集している。もちろん金のかかる町だから、同心には縁がない。ましてやこの間まで無給だった榊にとってはただの通り道でしかない。

だからまさか食事をすることになるとは思ってもいなかった。

「あの。お金を持っていませんよ」

一応言ってみる。

「気にしなくていいわ」

紅子が言った。

紅子は江戸の中でもかなり隆盛を誇っている呉服屋の一人娘で、姉の花織といつも一緒に行動していた。花織の使う金はほぼすべて紅子から出ていると言っていい。

紅子がどうしてそこまで花織にいれこんでいるのか榊にはわからないが、花織が魅力的な人間であることは間違いない。

問題は弟の榊を放っておいてくれないことだ。

「それにしてもどうして奉行所の書類の写しがここにあるのですか。こちらで申し込んでもまったく相手にされなかったのに」

「それはそうでしょ。榊はまだ見習いなんだから相手にされるわけないじゃない」

「姉さんは相手にされているというわけですか。というかいったい何なんですか。理由がわかりません」

「そうね。わたしが子供で、女だからだと思うわ」

花織が真顔で言った。

子供で、女。

榊をからかっているわけではないのだろう。南町奉行遠山金四郎としては、花織にある種の権限を与えることにしたというわけだ。

しかしそれがなぜなのかは榊にはわからない。聞いても答えてくれないだろう。

「それに今の奉行所は、起こってもいない盗難事件に人を割けないわ」

「なぜですか」

「京橋《きょうばし》の三十間堀《さんじゅっけんぼり》二丁目で、仕えていた主人とその息子、娘を殺して金を奪って逃げた惣七《そうしち》という男がまだ捕まってないの。奉行所の威信にかけてそちらを追っているの。主人を殺すという犯罪は一番重いからね」

確かにそうだとしたら、鯉のぼりなどと言っても無視されるだろう。

いずれにしても榊に選択肢はない。盗賊を捕らえろという命令ならやるのが務めだ。

「失礼します」

書類を見ると、鯉のぼりの犯行は日本橋の駿河町《するがちょう》あたりに集中している。確かに大店《おおだな》が並んでいるし、そもそも江戸最大の呉服屋、越後屋《えちごや》がある。

少し離れれば、竹問屋も密集している。

盗み放題といえなくもない。

「同心って夜は寝てるじゃない。だから岡っ引き以外は頼りにならないんだけど、この岡っ引きが全然役に立たなくて。それで遠山様は腹を立てているのよ」

「そんなに役に立たないんですか」

「それは言い方が悪いわね。まったく役に立たないわけじゃないの。でも、役に立たないことがとても多いのよ」

「俺の知ってる限りは頑張ってますけどね」

「父上が頑張ってる岡っ引きと付き合っていただけよ。特に鯉のぼりみたいなやつは逃げてくれた方が岡っ引きにはありがたいのよ」

「なぜですか」

「もう盗まれないようにしっかり見回りますと言って小遣いをせびれるからよ。自分達の収入のために、むしろ鯉のぼりは応援されてるわけ」

「ひどいですね」

「ひどいのよ。それでね、紅子の小町屋なんていつ狙われてもおかしくないの。むしろ今回狙われるんじゃないかと思っているのよ」

なるほど、と榊は納得した。

親友の店が危ないというのもあるわけだ。

「わかりました。とにかくにもいい方法を考えてみます」

無数に店のある日本橋の中で、なんとなく盗賊を見つけるのは不可能だ。やはり盗みをおこなった直後しかないだろう。

店の中で金を山分けすることはまずないだろう。一度どこかに運び出して、そこで山分けするのは間違いない。

盗人宿のようなものを決めているに違いない。

ここまで考えて、犯人を捕まえるのに全く役に立たない、と思い至る。

「全く良い方法を思いつきませんね」

榊が言うと、紅子が楽しそうに笑った。

「そんなに簡単に思いつくなら誰も苦労しないし、盗賊なんてこの世からいなくなっちゃってるわよ。榊君は無茶を言われてるの」

「そうなんですね」

無茶を言われているのか、と思う。花織があまりにも当たり前に言うから、なんとなく無茶ではないような気がしていた。

「この無数にある江戸の商家のどこに押し込むかなんてわかるはずないじゃない」

「そうですよね」

「当てるのが仕事でしょ」

花織が言う。

それから榊に向かって笑顔を見せた。

「今夜どこかで夜通し色々教えてあげましょうか？」

「結構です」

「男にしてあげてもいいのに」

「からかわないでください」

榊が立ち上がる。

「食べて行かないの？」

「適当なものを食べて帰ります。夜の町も見たいですからね」

榊はあわてて店から飛び出した。

そろそろ日が暮れてあたりが暗くなっている。地面にたっている提灯《ちょうちん》に店の名前が書いてあるのが見える。

酒を飲ませる店は、ここから一刻ばかりは稼ぎどきである。榊には全く関係がないが、様々な客が道に溢れていた。

柳橋のあたりは高級店が並んでいるが、橋を一本渡ってしまえばもう両国《りょうごく》で、こちらは四文あれば何でも食べることができる。

店のすぐそばに佐助が立っていた。

「こんな時間でも平気なのかい」

榊は思わず聞いた。小者の仕事時間は奉行所と同じだ。つまり同心が帰宅する暮れ六つには仕事は終わりである。そこから先は榊に付き合う義務はない。

「どうせなら何か食べていきましょうよ」

佐助がにこやかに言う。

「わかった。何を食べよう」

「どうせなら寿司にしましょうよ」

「そうだな」

庶民にとってご馳走といえばまずは寿司である。寿司は庶民から金持ちまでどの階層にも受けがいい。

安い寿司から高い寿司まであらゆる値段の寿司があった。屋台から料亭まで形態もさまざまである。

「どこがいいかな」

「やはりここは回転寿司といきましょう。酒を飲まないならあれがいい」

たしかにそうだ。榊も思う。回転寿司は最近江戸でずいぶんと人気をのばしている。屋台の寿司は握ったものを並べて売っているから、ともすると寿司が乾いてしまうことがある。

その点、回転寿司は握ったばかりのものを回転する板の上に載せて、手でまわして目の前に出してくれる。

回転するのが面白いのと、握りたての寿司が出てくるので評判がいい。

「何か収穫はありましたか？」

「駿河町のあたりで盗んでいることしかわからないね。どうやって捕まえればいいのか全く見当がつかないいな」

「そうですね。このあたりだと抜きもたくさんあるでしょう」

「抜き？」

「捕物帳から事件を抜いてもらうんですよ」

「なぜ？」

「めんどくさいからに決まってるじゃないですか。盗みっていうのは魚の干物を一枚盗んだって盗みなんですよ。書類を作るのに丸一日かかるんだ。その時間に商売をやった方が儲かる連中は､事件をなかったことにするんです。それが抜きですね」

「そんなことしたら全然犯人が捕まらないじゃないか」

「全くです。全然捕まりませんよ」

「見習いだとわからないことが多いな」

「全くいい加減な町ですよ。だからいいってこともあるんですけどね。なんでも縛りつけてしまっては面白くない」

「だとすると、鯉のぼりも案外雑にやってるのかもしれないな」

榊の感覚としては、盗賊は綿密で緻密という印象があるが、捕り方がぬるいのであれば盗賊もゆるいのかもしれない。

「それにしても、盗賊は盗んだ金でどんな暮らしをしてるんだろうね」

「榊さんはどう思いますか？」

佐助に言われて考える。

毎日遊んで暮らすのだろうか。

しかし、毎日ごろごろ暮らしている人間に対して世間の風当たりは強い。本当にそんなことをしていれば悪い噂になるだろう。

盗賊でも何でもそうだが、悪事が露見するのは噂がきっかけである。だから噂にならない程度には一般的な生活をしているはずだ。

「表の顔を探り当てないと捕まらないということか」

「そうですね」

佐助が大きく頷いた。

「できると思う？」

「無理でしょうね」

あっさり言われて、それはそうだな、とあらためて思う。

「なんだか全く駄目だな、俺は」

「そんなことはないですよ。犯人を捕まえるために頑張ろうと思う段階で、駄目ではないです」

そんなことを言っているうちに回転寿司屋に着いた。

両国の広小路《ひろこうじ》は、一つ四文の店が多いが、回転寿司は十二文である。かなり高いにもかかわらず店の前は行列になっていた。

「この行列じゃあ駄目なんじゃないかな」

榊が肩をすくめた。

「さすが寿司ですね」

寿司は、榊が生まれる前くらいから爆発的に流行りはじめたらしい。いまでは蕎麦屋を追い越すくらい勢いがあった。

「こいつは駄目だな。他の店にしよう」

「天ぷら蕎麦屋なんてどうですか？」

「蕎麦屋じゃなくて天ぷら蕎麦屋なのか？」

「そうです。こいつは両国ならではですよ」

「ではそこにしよう」

佐助が先に立って歩いている。

しばらく行くと、たしかに天ぷら蕎麦屋があった。

天ぷらの屋台と蕎麦の屋台が並んでいる。両方頼むと天ぷら蕎麦に仕上がるらしい。片方だけでも構わないというやり方だった。

「これはどうやって食べればいいんだ」

「どちらにも声かけるんですよ。こいつらは兄弟でね。市助《いちすけ》と仁助《じんすけ》っていうんです。ここは少しかわってますよ」

言いながら、佐助は屋台に声をかけた。

「おう。盛りあわせだ。蕎麦は倍。それをふたつおくんな」

「はいよ」

盛り合わせに倍。聞きなれない言葉にとまどいつつ、あたりを見回した。

よく見ると、あちこちに菖蒲太刀の屋台が置いてある。五人いるようだ。どうやら商売を終えてここで一杯やっているらしい。

「菖蒲太刀ってそんなに売れるのかな」

「季節ですからそこそこね」

「それでもひとつの家がいくつも買うことはないだろう」

「だからああやって、どこに売れたか話し合ってるんでしょう」

縄張りを食いつくしたら終わりだから大変だろう。

「あてもなくさまよっても売れないしね」

「何の目算もなくさまようやつなんかいないですよ。買う家は決まってます。男の子がいないとですからね。あいつらは鯉のぼりを目印にしてるんですよ」

たしかに子供がいれば鯉のぼりは立てる。大きな鯉のぼりの下にはいい客がいそうだ。

そうだとすると、鯉のぼりの多作も鯉のぼりを目印にしているのだろう。

「菖蒲太刀売りの中に交ざってないかな」

「それはあり得ますが、疑われるでしょうからね」

「安易すぎるか」

「一味の誰かはいるかもですがね」

言っている間に「天ぷら蕎麦」が運ばれてきた。

盛り合わせ、というのはなんとなくわかる。値段がいくらなのかは知らないが皿の上にどっさりと載っている。ほとんどが筍だ。それからふきと鰯だった。

蕎麦のほうは、そんなに多くはない。普通の半分というところか。

「倍というのはなんだい」

「両国の屋台はなんでも四文ですからね。蕎麦も普通の四分の一なんですよ。倍だと八文で普通の半分です」

「それだと量が足りないって感じがするね」

「そこがいいんですよ。いろんな屋台を食べ歩けるでしょう。量が多かったら一軒で満腹になってしまうではないですか」

「そうだね。少しずつたくさんがいいよね」

そう言ってから、榊はふと思いついた。

「抜きっていうのは記録に残るのかい」

「残りませんよ。記録から消すことですから」

「盗まれた金額が少ないほど、抜きをやるんだよね」

「そうです」

「じゃあさ。もし鯉のぼりが、少しずつ色んな店から盗んでいたら、片っ端から抜きになっちゃうんじゃないかい」

「それはありそうです」

「うまいやり方だね」

ただし、そのやり方だと引きこみは使えないだろう。足がつく危険が高まるからだ。それだとこそ泥を集めるという話とつながらない。

「この辺の岡っ引きに話を聞いてみるしかないのかな」

「それは秀《ひで》にやらせましょう」

「そうだね。秀はなにをしているのかな」

「いまは惣七を追いかけていると思いますよ」

鯉のぼりからすると、奉行所が人殺しを追っているいまは好機だろう。

「でも、今回は姉さんに口を出されるようなことはない気がする」

「やはりいやですか」

「もちろんだよ。いい姉さんだけど、捕り物は自分の力でやりたいからね」

そして冷める前に天ぷらに口をつけた。

筍もふきも、自分で掘ったりつんだりしたものだろう。仕入れているのは鯒と油だけというわけだ。

天ぷらからは胡麻の香りがする。

筍のサクサクした感触と甘みが、蕎麦に凄く合う。ふきは苦みもなくて、衣の味をひきたてている。

しかしすごいのは鰯だった。

「鰯ってこんなに美味しいのか」

思わず声が出る。

鰯の脂が熱で溶けていて、口の中にしゅわっという甘みが広がる。なにか隠し味が使われているのかもしれないが榊にはわからない。

食べ終わるのがもったいないと思った。

「美味しい以上に食べ終わるのがもったいないという感じがする」

「ほめてくれてありがとう」

店主が嬉しそうに言った。

「そんなあんたに特別な天ぷらをご馳走するよ。いるかい」

「お願いします」

頭を下げると、丸い天ぷらが出てきた。

「大福?」

「そうさ。桔梗屋の五月大福の天ぷらだ」

「揚げても美味しいのでしょうか」

言いながら口に入れる。

温まった餡子が口の中に入ってくる。熱が加わったことで甘みが濃厚になったようだ。冷たいときよりも中の小梅の塩味がきわだった。

「美味しいですね」

「餅だって油で揚げると美味しいんだけどよ。大福ってやつも天ぷらにすると全く違う美味しさになるんだよ」

確かに、美味しいと言っても方向がまるで違う美味しさである。

その上これは腹にたまる。

想像の上をいく食べ物というのはあるな、と榊は思った。

「いずれにしても少しやり方を考えてみるよ。今日のところは帰って寝る」

「では明日」

佐助と別れると、榊は八丁堀《はっちょうぼり》の家に戻った。家に戻ると、父親の小一郎がまだ起きていて、書類を書いていた。

「おう。お帰り」

小一郎が声をかけてくる。

「お疲れ様です。書類ですか」

「惣七の足取りを追っておるのだ。放っておくとまた人を殺すかもしれない」

小一郎の表情は真剣そのものである。頼もしい父親だ。

とりあえず今日のところは寝て、明日また考えることにした。端午の節句に盗みを働くならあと六日ほどあることになる。

ほとんど時間がないと思うか、まだ余裕があると思うべきか迷うところだが、余裕があると思った方がいいだろう。

さっと布団に入り込むと、気を失うような勢いで眠ってしまった。

翌朝、朝食をとらないまま外に出ると、蛍が待っていた。

「おはよう」

挨拶をすると、蛍は当たり前のように並んで歩きはじめた。

そういえば、蛍と一緒にいるのにすっかり慣れているが、本来蛍は一緒に行動するような立場にない。

「大丈夫なのか?」

「なにが?」

「毎日俺と一緒にいてさ。蛍の時間を無駄にしてない？」

「そう思うならもう少し頼りがいのある人間になって。榊一人だと事件が解決しないような気がするのよ」

「そんなに頼りないか」

「頼りない」

蛍はきっぱりと言う。

やれやれ、と思う反面、榊一人で解決するのは、もとより無理ではないかと思う。盗賊だって徒党を組んでいるのだから、こちらも徒党を組みたいところだ。

函太郎のいる神田明神そばの木戸番に行くと、粟太《あわた》と小麦《こむぎ》がいた。二人とも近所の子供達である。

「おはよう。榊にい」

二人揃って挨拶をしてきた。粟太のほうは少々機嫌が悪いような様子である。

「どうしたんだ。粟太」

「鯉のぼりを買ってもらえないんだ」

「なんでだ？」

「お金がないからだって」

それは確かにありそうなことだ。わざわざ鯉のぼりを立てられるのはやはり限られた家庭になる。

裏長屋住まいではなかなか難しいだろう。

しかし子供からすれば大人の事情は関係ない。

「じゃあ、俺と鯉のぼりを見物に行こうか」

榊は声をかけた。

「うん」

二人が嬉しそうに言う。

「じゃあ四人で行こうか」

神田明神から秋葉《あきば》が原《はら》を通って日本橋に向かう。秋葉が原は火除地だから民家はない。しかしそこを過ぎてしまえば、あちこちで鯉のぼりがはためいていた。

「うちも欲しいな」

粟太が言う。

「あまり気にするなよ」

「榊にいの家はどんな鯉のぼりだったの」

「うちは同心だからないよ」

「そうなの？」

「最近は武家も鯉のぼりをあげるけど、元々商人の習慣だからね」

「そっか。榊にいもなかったならいいかな」

栗太はなんとなく納得したようだった。

それにしても鯉のぼりの数が多い。むしろない家の方が少ないくらいだ。

歩いていると、こそ泥の善治が歩いているのが見えた。

「あ。旦那」

善治が頭を下げてくる。子供でも同心とわかっていると腰が低くなるらしい。

「もう足は洗ってるんだろうな」

「やめてるよ。でも、俺達こそ泥だって縁起物なんだよ」

「何だい。それは」

「こそ泥に入られると、大泥棒に入られないって言うじゃないか。小さな悪いことがあるから大きな悪いことを避けられるってやつだよ」

「それは関係ないだろう」

「でもみんな結構信じてるさ。だからこそ泥に入るのも一概に悪いってわけじゃないんだよ」

めちゃくちゃな理屈だが、気持ちがわからないわけではない。泥棒に入られたすぐ後にまた泥棒に入られるというのは考えにくいだろう。

そこまで考えて、榊はふと思ったことがあった。

「みんなは、徒党を組んでこそ泥に入るということがあるのかい？」

「ないよ」

善治があっさりと答える。

「もし徒党を組んでこそ泥をやるとしたら、どういうやり方がある？」

「徒党ねえ」

善治が考えこむ。

「そうだな。日取りを決めて、同じ日の同じ時間にいっせいにやるな」

「どうして」

「だってほら。十人が同時に同じように盗んだら、何が何だかわからなくなって捕まえる側も混乱するだろうからな」

「その後、商家の人はどう思うだろう」

「こそ泥だから仕方がないって思うだろうよ。届を出したらかえって面倒くさいからな。泣き寝入りしてくれると思うよ」

「そして、こそ泥に入られたからもう安全と思うってわけか」

「おう」

なるほど、と榊は思った。鯉のぼりは、盗む前日あたりにこそ泥を使って盗みを働かせているのかもしれない。

そして気持ちが緩んだところで改めて大きく盗む。こそ泥への対応で、その店が盗賊に対してどういう備えをしているのかもわかるだろう。

届を出さないということは、盗みに入られたこと自体を口外しないということだ。

これはなかなかうまいやり方と言えるだろう。

といってもも別の見方をすれば、こそ泥に入られた店を特定すれば犯人を捕まえることができるということだ。

あるいは、犯人が盗みに入りたくなるような状態を作れば。

「だれかに、こそ泥に入ってくれと言われたら言われた通りに入るかい」

「そんなことはしないな。そもそも泥棒なんて他人を信じない仕事だからね。誰かにやれって言われたらまずは疑うね」

「疑わないのはどんな場合だ」

「そうだね。もともと仲のいいやつから頼まれるか、奉行所の鼻を明かしてやれると思う場合かな」

「奉行所の鼻を明かす？」

「そうだよ。奉行所は俺達の味方じゃないからね。痛い目を見せてやれると思ったら協力するかもしれない」

敵の敵は味方ということか。

「わかった。ありがとう」

「役にたてたならよかった」

善治は足早に去っていった。

「何かわかったの」

蛍が聞いてくる。

「わかった。多分捕まえられると思うね」

それから榊は蛍のほうを向いた。

「少しお菓子でも食べに行こう」

榊が向かったのは、日本橋の大傳馬町《おおでんまちょう》にある和菓子屋、桔梗屋だった。神田明神の木戸番にお菓子を卸しているなら、函太郎の知り合いだと思ったからだ。

手代に話をすると、奥からすぐに主人が出てきた。

「なんでございましょう」

「少し話をしたいのですが」

言いながら十手を出す。

店主は榊の顔を見て驚いた様子だったが、すぐに奥に通してくれた。

「その年齢ということは、見習いということでよろしいですか？」

「はい」

「見習いといえば、お父さんの後をついて歩いているのが定番です。一人で、しかも子供を連れて歩いているのはどういうわけでしょう」

榊のことを疑っている様子はない。十手を偽造して振り回すなどということはありえないからだ。

「訳ありで調べ物をしているのです」

「何を調べているのですか」

「鯉のぼりの多作という盗賊を調べています」

「ああ。泣きっ面ですね」

店主が頷いた。

「泣きっ面とは何ですか」

「なんでもね、こそ泥が入った後にやってくるらしいんですよ。ただ、そんなことをされるとこそ泥のことを届けなかったこちらも罪に問われるんです。だから泣きっ面と呼ばれてるんです」

「では皆、届は出さないんですか」

「盗まれる金額が多ければもちろん出さざるを得ません。泣き寝入りできる金額を超えれば届けます」

「桔梗屋さんは入られたことがあるんですか」

「うちはないですね。そろそろ順番が来そうなものですが」

「なぜですか」

「日本橋の中をぐるぐると回って盗みを働いてるようなのです。この辺はまだ誰も盗まれていないからそろそろではないでしょうか」

桔梗屋は平然としている。

「何か対策をとっているんですか」

「とくにはしてませんよ。考えても仕方がないじゃないですか」

桔梗屋が軽く笑う。

たしかに、来るかどうかもわからない盗賊のために対策をたてろと言っても無理だろう。鯉のぼりはそのへんをうまくわかっているということだ。

なんだかずるいやつだ。

相手の弱みにつけこんで盗みを働くとは卑怯にもほどがある。なんとか捕まえたいと思う。

「もし桔梗屋さんに盗みに入るとしたら、事前に店にお菓子を買いに来るでしょうか」

「そうですね。うちが本命なら来るでしょう」

「あたりがついたりしないんでしょうか」

「無理です」

桔梗屋はあっさり言った。

「もちろんお得意様は覚えていますが、それ以外のお客様を覚えるのは無理です。そしてお得意様が盗賊とは思えません」

「最近、口入屋から誰か雇ったりしましたか」

「ないですね。うちにはそこそこ職人がいますが、長くいるものばかりです。盗賊の手先にはなっていないと思いますよ。それに呉服屋のようには儲かっていないですからね。何百両も盗めないです」

　桔梗屋が自信を持って言う。

「盗賊が狙うとなるとやはり呉服屋が定番でしょうか」

「儲かってますからね」

　桔梗屋がきっぱりと言う。

「もちろん札差《ふださし》が一番儲かってますが、札差は用心深いですからね。盗むとなると呉服屋の方が楽でしょう」

　すると近隣の呉服屋、たとえば紅子の店などが危ない。しかし推測だけではどうにも動きようがなかった。

「どんな人が盗賊なんでしょうね」

「そうですね。こだわりが強くて矜持がある人でしょう。そして自己を認めて欲しいという気持ちが強い」

「どうしてそう思うのですか?」

　蛍が身を乗り出した。

「わざわざ目印を残すなんて自分を見つけて欲しいからでしょう。その気持ちはわかります」

「わかるんですか」

榊が思わず聞き返した。

「もちろんわかりますよ。わたしどもは和菓子屋ですからね」

「和菓子屋だとわかるんですか？」

蛍も聞いた。

「もちろんわかりますよ。物を盗みたい気持ちはわかりませんが、自分の印を残したい気持ちはわかります」

そう言うと、桔梗屋は手を叩いて、手代に饅頭をひとつ持ってこさせた。

「これを食べてください」

それは見た目には普通の大福に見えた。

「丸ごと口にどうぞ」

言われるままに、一口で口に入れる。一口だと喉につまりそうな大きさだった。

しかし不思議なことに、その大福は喉につまることなくさらりと喉の奥へと溶けていく。

すっきりとした甘さがまるで液体のように入る。食べ物なのに飲んでいるかのような感覚だった。

「これは？」

「妙雪《たえゆき》という大福です。雪が解けるように喉の奥に落ちていくので、決して喉につまることはありません」

「すごいですね」

「ありがとうございます」

「しかし、これが盗賊とどう関係するのですか」

「自分の作った饅頭にはかならず名前をつけるし、店の名前も主張します。自分の作品を主張しない人間はいません。盗賊にとっては、盗みが作品なのでしょう」

「作品にどんなことをされると腹が立ちますか」

「見当違いな悪口を言われると腹が立ちますね。当たっているなら仕方がないという気持ちになりますが、見当違いだと苛立ちます」

だとすると、鯉のぼりが苛立つような見当違いの噂を流せば、どうあっても名誉を挽回しにくるということだ。

どうするか。

榊にできる方法で。

榊はあることを思いついた。

「鯉のぼりをもとにしたお菓子を作ることはできますか？」

「それはもちろんできますよ」

「一文菓子では？」

「それでは儲けにはなりませんね。でもなにやら面白そうだ。いくらかかろうとも一文でおろしてあげますよ」

「本当ですか？」

「そうすると盗賊が捕まるのですか？」

「おそらくは。鯉のぼりをあぶりだします。鯉のぼりのお菓子で」

「では、そうですね。一文版の五月饅頭ということにしましょう。鯉のぼりに五月饅頭はちょうどいいでしょう」

「ありがとうございます」

榊はそう言うと店を出た。

「本当に捕まえられるの？」

蛍が信じられないという表情になった。

「たぶんね。そしてこれならいくら姉さんでも口を出せないだろう」

花織の掌の上で踊らされるのはいやである。一人前の男としてきちんと事件を解決したいと思う。

「雨だ」

せっかくやんでいた雨がまた降り出した。

「足をぬぐったばかりなのにいやね」

蛍が顔をしかめた。

「この時季は足袋もはけやしない」

下駄の音をさせながら蛍がため息をつく。

「ふけばもとどおりだろ」

榊が言うと、蛍があきれたような声を出した。

「榊の足とは違うのよ。着物の裾が濡れてしまうのは一大事なの」

「そんなに大変かな。いや、大変だと思うけど」

「榊の裾なんか濡れようがほころびようが大したことはないでしょうけど、わたしにはすごく大変なことなの」

蛍が真剣に怒った顔をする。

「ごめん」

榊は思わず謝った。

榊にとっては、足元が濡れるのはいやなことには違いないがそこまで気にすることでもない。足は拭えばいいし着物は干せばいいからだ。

そのあたりの感覚は人によってだいぶ違うらしい。

そういえば盗賊というのは、雨に濡れても気にならないものなのだろうか。それとも足跡がつくからいやなものなんだろうか。

蛍をどうやってなだめようと思っていると、前から一人の男が足早にやってくる。傘をさしていないところを見ると近所の人か、雨が降る前に用事がすむと思った粗《そ》忽者《こつもの》だろう。

ふと気になって足元を見ると足半《あしはん》の草履を履いていた。

「足半か」

榊は思わずつぶやく。

「どうしたの？」

「いますれ違った人が足半だった」

「このあたりでは珍しいわね」

「だよね」

足半というのは、通常の半分の長さの草履である。かかとの部分までの長さがない。足先にぎゅっと力を入れて履くから動きやすいのである。

急いで移動するときには足の前の方に力を入れるから、かかとは地面につかない。なので草履の長さが短いほうが便利というわけだ。

だから飛脚などはこれを履く。

しかし、接客などには向かないから日本橋や両国あたりではあまり見かけることはない。

「飛脚かな」

「そんな感じでもなかったわよ」

言ってから、蛍も不思議に思ったようだった。

「そうね。このあたりでは珍しい」

榊は足跡を眺めた。

足の親指がぎゅっと地面に押し付けられた足跡である。

「盗賊って、かかとをつけるのかな。こっちなのかな」

「どうなのかしら。榊はどう思う？」

「俺はなんだかこの足跡が怪しい気がするな」

農作業をする人には多いらしいが、江戸は基本、武士と職人、商人の町だ。飛脚以外ではなかなかお目にかからない。

幸い雨がちだから、足跡を見つけるのは難しくないだろう。ただ榊が一人で見つけるのは無理がある。人数が必要だった。

「お風呂行きたいんだけど」

蛍が不意に言った。

「風呂？　なんで？」

言いかけて、口をつぐむ。

足が気持ち悪いからに決まっている。余計なことを言うのをやめて大人しく銭湯に向かうことにした。

神田明神のそばにある「狐湯《きつねゆ》」に向かう。狐湯は燃料代をケチっているのでお湯の温度が他の銭湯よりも少し低い。

そのために女性や子供に人気があった。湯の熱い銭湯だと子供はなかなか首まで浸かれないからだ。

「女湯に入るんじゃないでしょうね」

「入らないよ」

「ならいいわ」

そう言って澄ました顔をしてから、蛍はくすっと笑った。

「背中流してあげようと思ったのに」

あきらかにからかっている顔である。

どうも周りの女性陣が強すぎる。

いずれにしてもさっさと風呂に入ろうと思う。雨に濡れた体を洗うのは気持ちいい。

狐湯の中に入ると、思ったよりもずっと子供が多かった。六歳くらいの子供が十人いる。体を洗う前の子供は足がどろどろである。

だがそれを気にしている様子はない。子供にとっては足が泥だらけになることなど気にならないのだろう。

そういえば自分も子供のころは気にしていなかった。わずか数年前のことなのにもういろいろなことを忘れてしまっている。

梅雨の時季でも、子供達は普通に遊びそうだ。これはうまく利用できるかもしれない。

「ねえみんな。ただで美味しいお菓子を食べられるってなったら食べたいかい？」

榊が声をかけると子供達が一斉に榊を見た。

「食べる！」

全員が声をそろえる。

そうだろうな、と榊も思う。

子供の世界の半分は食欲でできている。しかし実際に満腹になるのはなかなか難しい。庶民の子供はお菓子に飢えているものだ。

「じゃあ。俺に協力してくれるかな」

「なにをすればいいの」

一番体格のいい男の子が身を乗り出してきた。

「簡単だよ」

榊はにこにこしながら男の子を見た。

「歌を歌ってほしいのさ」


銭湯を出たが、蛍はまだ入っているようだった。男に比べると、やはり時間はかかるものなのだろう。

雨はもう止んでいて、湿気は多いが風が気持ちいい。

さっきの子供達がうまく働いてくれるといいが。

風呂から出た子供達は、てんでに家に帰っていく。明後日に神田明神の木戸番で集合ということにしてあった。

桔梗屋の菓子も明後日には着くだろう。

盗賊を怒らせれば桔梗屋に迷惑がかかる。それだけに気を付けてやらなければいけない。人を殺すような盗賊ではないだろうが、怪我でもされたら申し訳ない。

色々考えているうちに蛍が出てきた。

「お待たせ」

「いま出たところだから気にするな」

そう言うと、蛍が目の前に来るのを待つ。

「雨がやんでよかったわね」

「そうだな」

そう言うと、榊は歩き出した。蛍も並んで歩く。

「子供達に歌を歌うように頼んできた」

「どんな歌？」

「まだ決めてないが、鯉のぼりの多作をからかう歌さ」

「そんなことして大丈夫なの。怒らないかしら」

「怒ってくれるからいいんじゃないか。きっと桔梗屋を襲うよ」

「そうかもしれないわね。でも、菓子屋では儲からないと思うかもしれないわ」

一年に一度の盗みだ。手堅く儲かるほうに流れるともいえる。そこは榊としても悩ましいところだった。

「でもやってみるしかないよ」

「もちろんそうね」

榊としては桔梗屋の「作品」という言葉がひっかかる。なんとなくそこをつければうまくいくような気がするのだ。

「また雨が降ってきそうだから今日は帰るわ」

蛍はそう言うと、さっさと戻ってしまった。

たしかにまた降ってきそうな空模様だ。

雨だとなにもかもうまくいかないな、と榊は小さく息をついた。


翌々日。

榊は神田明神近くの木戸番にいた。函太郎がお菓子を用意しておいてくれるはずだ。

「どうですか」

声をかけると函太郎が満面の笑みを浮かべた。

「こいつはなかなかいいよ」

函太郎が出したのは鯉のぼりの形をしたお菓子であった。白い布のようなもので鯉のぼりが作ってある。

「これはなんですか」

「五月饅頭の鯉のぼりらしい」

出されたものを食べると、布に見えたものは饅頭の皮だった。ほのかな甘みがついている。普通の饅頭よりは甘みが少ない。だが品のいい甘さである。

「美味しいね」

隣にいた蛍のほうを見る。

「本当に。この甘さがいい感じ」

蛍も感心した表情だ。

「これは人気が出そうね」

「量は大して作れないらしいけどね。今回は協力してくれる子供のぶんだけだから大丈夫だってことだよ」

「饅頭の皮だけっていうのははじめてです」

「これは饅頭を作るときに捨ててしまう薄皮なんだって。食べると美味しいから店の者だけが食べるものなんだってさ」

函太郎が言う。

たしかに捨ててしまうものなら安くできるだろう。それでこれだけ美味しいのだから、いかにもとが美味しいかがわかる。

「これでうまくいきそうだ」

少しほっとする。

「お待たせしました」

小者の佐助がのんびりとやってきた。

「いまちょうど一文菓子を食べていたんだ」

榊は佐助にも差し出した。

「いえ。わたしはいいです。それよりも子供達に渡してください」

佐助はあっさりと断った。

「佐助はさ、はやり歌で鯉のぼりの神経を逆なでするのをどう思う？」

「いい作戦ですが、少し甘いかもしれません」

「どこが？」

「考えてみてくださいよ。ある日突然子供が歌い出すっておかしいでしょう。明らかに挑発する意図があっての歌じゃないですか。腹は立つかもしれないけど、気にしなければどうということはないでしょう」

たしかにそうだ。誰か大人が吹き込んだと思うに決まっている。

「そうだな。考えが浅かった」

いい考えだと思ったのだが、駄目なようだ。

「でもいいところをついていると思いますよ」

佐助が言う。

「誰だって自分が真面目にやってることを茶化されるのは気分が悪いものです。たとえそれが悪いことだったとしてもね」

「でも効果がないとしかたがない」

「いい方法があるといいんですけどね」

「子供が歌うにしても自然なときっていうのはあるのかな」

「まず大人の間で噂にならないといけないでしょう。といってももう時間がない。一気に噂を広める方法がないと難しいでしょう」

たしかに数日で江戸中に噂を広める方法があるなら苦労はしない。

「そうか、残念だ。蛍はなにか思いつく？」

「このあたりで噂を広めるのだけでも難しいんじゃないかしら。榊がいくら騒いでもしかたない。みんなが口にしないといけないから」

「浅い考えだったか。残念だ」

榊はため息をついた。

ふと、花織に相談してみようかと思った。花織ならもしかしてなにかいい方法を思いつくかもしれない。

だが、すぐにその考えを打ち消す。こんなことで姉の力を借りるようでは一人前の同心として失格だ。

数日で噂を広めるということは、人の集まる場所で面白おかしい話をするということだ。あけっぴろげに噂を話す場所というと。

「銭湯か」

「なに？」

蛍が聞いてくる。

「銭湯で、もうすぐ鯉のぼりが捕まるという噂を流せばいいんじゃないかな」

江戸っ子は銭湯での噂話が大好きだ。それに銭湯であれば、鯉のぼりも必ず使っているだろう。

同心が男湯に入るのも、男湯での噂を聞くためでもある。榊であれば子供だから男湯でも噂にまざれるだろう。

二、三日で効率よく広められるだろうか。

よほど江戸っ子の心を摑む噂が必要だろう。

「でもやってみるしかないかな」

榊が言うと、佐助がうなずいた。

「とにかくなんでもやってみましょう。どうしたいんですか」

「どうしよう」

もちろん噂をまくのだが、自分の中でまとまらない。

「とにかく銭湯を回ってみましょう」

「わたしはいやよ。体がふやけちゃう」

蛍がごねた。

たしかにそうだ。それに男の場合は銭湯の二階が休む場所になっているが、女が休む場所はない。

だから一緒に銭湯をめぐるというのは少々無理があった。

「しかたない。俺と佐助でやる」

榊があきらめて言った。

「それもいや」

蛍がさらにごねる。

「なんだよ。それは」

「一緒に回るのはつらいけど、仲間外れもいやなのよ。そのくらい考えて何とかしなさいよ」

仲間外れがいやと言われても、こればかりはどうしようもない。それに、確かにいつも一緒にいるがそういう意味では仲間とも少し違う気がした。

「あ。榊にいだ」

後ろから声がした。いつも木戸番にやってくる小麦と粟太である。

「お、ちょうどいい。食べて欲しいものがあるんだ」

榊がお菓子を出すと、二人とも飲むようにして食べてしまった。

「美味しい！」

二人の顔が輝く。

このお菓子と引き換えなら子供のほうは大丈夫だろう。問題は大人だ。それにしても蛍がごねる理由がわからない。

佐助のほうを見ると、なんだかにやにやしている。

「蛍の行動がわからない」

耳打ちすると、佐助は大きくうなずいた。

「しっかり学びましょう」

「学ぶ？」

「ええ」

「それって俺の側が悪いのか」

「そうですよ」

佐助が当然のようにうなずいた。

どうやら蛍の要求を満たせない榊の側に問題があるようだ。

解かなければいけない問題がひとつ増えた。蛍の機嫌をとることが最優先なのだろうか。

いかにも理不尽である。

「なにこそこそしゃべってるの？」

蛍が不機嫌そうに言う。

「なんでもないよ」

答えてから、ふと小麦を見た。

小麦は楽しそうに蛍にしがみついている。いかにも仲がよさそうだ。まるで姉妹のように自然な光景である。

まてまて、落ち着け、と榊は思った。

銭湯には女の休む場所がない。だから銭湯の周りにはたいてい団子屋や甘酒屋などの休める場所がある。

榊が銭湯で噂をまいて、蛍が近くの店でさらに噂をまけば、男にも女にも早く噂が広まるような気がした。

いまは梅雨だから、家の中でも話題にするだろう。

それにふさわしい噂ならいいわけだ。

「じゃあこうしよう」

榊は蛍に声をかけた。

「俺が銭湯に入っている間、蛍は小麦と近くの茶屋にいてくれ。なるべく急いで出る」

榊の提案は蛍も気に入ったらしい。

「最初からそう言えばいいのよ」

蛍はふふんという顔になった。

「わたしと回ればいいのよ」

不意に後ろから声がした。

振り返ると姉の花織がいる。

「わたしなら一緒に入ってあげるわよ」

「姉さん。なんでここにいるんだよ」

もちろん花織にはなにも教えていない。いったいどうやって榊がここにいることを知ったのだろう。その上で銭湯を回ることまでわかっている。

「一緒に入ってもらう必要はありません。これは俺の仕事なんですよ。姉さんがどう思ってるかはわかりませんが、一人前の男としてやりたいんです」

「へえ。一人前のね」

花織が嬉しそうに笑った。

「なんで嬉しそうなんです」

「弟が一人前だって言ってるのが嬉しいのよ。その上で盗賊を捕まえる手柄をたてるのよ。嬉しくないわけないじゃない」

「花織は甘いからね」

後ろから紅子も出てきた。

「甘いってなんですか」

榊が反論する。

「どう考えてもからかわれているじゃないですか」

榊が言うと、花織が真顔になった。

「まったくからかってないわ。手柄をたてろと言ってるだけよ」

それからくすりと笑う。

「そしたらわたしが男にしてあげる」

そう言って花織は紅子と帰っていった。

「なんなんだ。あれ」

「応援でしょう」

佐助が言った。

「なんの応援だよ」

「そうですね。なんでしょう。女湯というところに意味があるのかもしれません」

「なんの」

「それは小者が考えることではないですよ」

佐助が首を横に振る。

女湯の意味とはなんだろう。ただ弟と風呂に入りたいというだけではないのかもしれない。

「そもそも同心が女湯に入るってのがおかしいのよね」

蛍が言った。

「あれは噂を拾うためらしいけどね」

「でも、同心の前で女が噂話するわけないじゃない。肌を隠すので精一杯よ」

蛍が両手で体を隠した。

「そうだよね」

それは納得がいく。

女湯に意味があるとは思えなかった。

「そんなことよりお汁粉でも食べましょうよ」

「また食べるの？」

「文句あるの？」

「ありません」

答えると、やれやれと思う。本当に女子は甘いものが好きだ。たしかに甘いものを食べて噂話をしているのは楽しいのだろう。

「このへんだとどこなのかな」

「そうね。旅籠町《はたごまち》のあたらし屋かしら」

「ああ、錦餅《にしきもち》か。いいね」

「最近錦餅汁粉というのがあるのよ」

言いながら旅籠町に向かう。

「旅籠町っていう割には宿がないわよね」

「昔は川ぞいにあって宿も多かったらしいよ。今は普通の店ばっかりだね」

「昔っていつ」

「百年前ぐらいらしい」

「それは大昔すぎるわ」

蛍が笑った。

旅籠町にあるあたらし屋は、持ち帰りもできるし中で食べることもできる。店の中は混んではいたが座れないほどではなかった。

「男が誰もいない」

榊が呟いた。

汁粉好きの男も多いはずなのに、店内は女ばかりである。

店に入るとその理由がすぐにわかった。

大声で噂話をしている四人組がいたのである。その声がやかましくて男には店の居心地が悪そうだ。

「なににしますか」

注文をとりにくる店員の態度もすまなそうである。

「錦餅汁粉みっつ」

榊が頼む。

耳をすまさなくても会話が聞こえてくる。

どうやら、離縁をしたい夫が、自分の悪い噂をまいて嫁に疑いをもたせて離縁に持ち込んだらしい。

そして目当ての女とあらためて結婚したようだ。自分の側が追い出されたのだから文句はないだろうというのだ。

そのやり方がゆるせないからこらしめようというのである。

「あれって親戚かなにかなのかな」

「同じ長屋に住んでるんでしょ。きっと」

蛍が言う。

「でも他人の家庭だからね」

榊が言うと、佐助が首を横に振った。

「同じ長屋の住人は他人とは言えませんよ。家族も同然です」

「そんなにつながりが強いのか」

長屋の感覚は榊にはわからない。中に入ったことはあるが、のぞいたという程度である。武家は近所に住んでいても家族同然の付き合いというのはない。むしろ自分の家庭のことは隠したがる。

それにしてもと榊は思う。

「さっきからこらしめるって言葉多いね」

「大好きなんですよ。こらしめるって。気分がすっとしますから」

佐助が言った。

「軽いんだね」

武士が「こらしめる」と口にしたときには殺すという意味が多い。「無礼討ち」

などという言葉が形だけになったいまでも、数年に一度は武士による殺傷事件がある。

それだけに簡単には口にしない言葉だった。

「自分達がこらしめる側になるのは気分がいいですからね。悪党退治の読本も人気が高いですよ」

「そんなにこらしめたいのか」

「おまちどおさま」

店員が汁粉を持ってきた。

錦餅という餅を入れた汁粉である。錦餅というのは五色の筋の入っている餅で、中には餡子が入っている。

汁粉の餅といえば中にはなにも入っていないのが普通だ。だがあたらし屋は、甘いに甘いを重ねることにしたようだ。

それが評判で人気がある。

こらしめる。

榊はふと、「こらしめる」という噂がいいのではないかと思った。鯉のぼりをこらしめる、だ。

これならあっという間に広まりそうだ。

「蛍。頼みがある」

「なに」

「俺と風呂に入ってくれ」

ぱしん、と。

店の中に音がひびいた。

蛍の掌が榊の頬を打ったのである。

「いやらしいわね」

客の注目が榊に集まる。

「そういう意味じゃないよ。銭湯をめぐってくれって意味だ。蛍の裸を見たいわけじゃない」

言った瞬間、もう一発叩かれた。

「失礼ね」

二発目のほうが一発目よりも力が強い。

「なんでもないんです」

榊はあわててまわりの女性客に言った。

が、遅かったらしい。

女性客が四人そろって榊のところにやってきた。あわてて佐助の方に目をやると、佐助はいなかった。榊を置いて逃げていた。

「あんた、女の子いじめてるのかい」

先頭の女性が顔を突き出すようにして言った。

「いじめてませんよ。いま叩かれているのを見たでしょう」

「叩かれるほどひどいことをしたんだろう」

すごい決めつけ方だ。しかしこれは今回すごく役だつのではないだろうか。

「夫婦喧嘩です」

榊が言うと、女性達の動きが止まった。

値踏みをするように榊を見る。

「若いね」

「もう一人前ですよ」

榊は胸を張った。

「何歳なんだい」

「十三歳です」

「もう結婚なのかい」

ここが勝負だ、と榊は思う。ここで受け答えを間違えなければ、鯉のぼりを追いつめることができる気がした。

榊は懐から十手を取り出すと皆に見せた。

「実は、同心見習いなんです」

「すごいね」

驚きはしたが、怯むものはいない。やましいことは何もしていないということだ。

「じつは、手柄が足りないから結婚に反対されているんです」

そう言って蛍に目くばせをする。

蛍はふふん、という表情を見せると女性達を見て、目をふせた。

「この人、できるような顔をしてあまりできないんです」

「いるよね。そういうやつ」

女性達が大きく頷いた。

「それでどんな手柄を立てればいいの？」

「じつは、鯉のぼりの多作という盗賊を捕まえたいのです」

榊は素直に説明した。

「どんな盗賊なの」

「端午の節句の日にだけ盗みを働く人なんです」

「へんなやつだね。あ。わたしはイネっていうんだ。よろしくね」

「梅だよ」

「松」

「よね」

口々に自己紹介してくる。

「涼風榊です」

挨拶すると、なにがおかしいのか女性達は声をそろえて笑った。

「かっこいい名前だね。わたしらとは大違いだ」

どう答えていいのかわからずに笑みを浮かべる。

「それでどうやって捕まえるんだい」

「なにかやつの誇りを傷つける噂をまいておびきよせたいんです」

「噂かあ」

松が考えこんだ。

「どんなことがあったら傷つくかねえ」

言いながら、榊の隣の席に全員で移動してきた。

「錦大福人数分おくれ！」

店員に叫ぶ。

「これが解決したら、うちの長屋のろくでなしも牢にぶちこんでおくれよ」

「さっきからそれで騒いでましたよね」

「ああ。権六《ごんろく》てのがここのイネの元亭主なんだけどね。若い女のほうがいいって女房を取り換えちまったんだよ」

「そんなことができるんですか？」

「それがうまくやったんだよ。わたしらは新しいのをニセ女房って呼んでるけどね」

「証文は？」

離縁というのはそう簡単にできるものではない。結婚のときにきちんと証文をかわして、いざというときの慰謝料などもきっちりと決めておく。

たいていは女性に高額な金を払うことになっているから、男のほうが即離縁するのは覚悟がいる。

三行半《みくだりはん》などと気楽に言われるが、一生を棒に振る覚悟が必要なことも多かった。

「証文が消えたんだよ。亭主が盗んだのかもしれない」

「それはタチが悪いですね」

「金はいいんだ。うちの亭主に負けないくらい稼いでるんでね。ただ、あの女が家に居座ってると思うとそれが腹立たしいんだよ」

「自分の偽者が女房面して暮らしてるみたいなもんだからね」

それは確かに腹が立つかもしれない。昨日まで自分がいた場所に他の人間が座っているというのは気分が悪いだろう。

そう思ったとき、榊はひらめくものがあった。

「そうだ。鯉のぼりの多作が捕まったという噂を流してもらえませんか」

「捕まったって？」

松が興味深そうに言った。

「自分の偽者がみっともなく捕まったということになれば、自分はここにいるぞ、と示さないわけにはいかないでしょう。だから捕まったという店に盗みに入るにちがいないです」

たとえそれが罠だとわかっていたとしても、盗賊の誇りというものがある。あえて挑んでくるような気がした。

「いいね。どこで捕まったことにする」

紅子のいる小町屋が一番楽な気がした。しかしそうなると、姉の力を借りないわけにはいかない。ここは桔梗屋に頼む方がよさそうだ。

「日本橋にある桔梗屋に盗みに入ったところを捕まったと言ってください」

「わかった。任せておきな」

そう言うと、女性達は立ち上がった。

「しっかり流してあげるよ。ここの勘定はよろしくね」

そして、榊の返事を待つことなく出て行った。

「すごい人達だった」

榊がため息をつく。

「でもよかったじゃない。捕まえるための道筋ができたわ」

「そうだね。あとは桔梗屋を張り込んでおけばいい。端午の節句の日だってわかってるから張り込みもしやすいよ」

「そうね」

あとはしばらく待っていればいい。

「うまくいったようですね」

佐助が戻ってきた。

「ひどいじゃないか。主人を置いて逃げるなんて」

榊が文句を言う。

「ああいうときは逃げるしかないでしょう」

佐助は悪びれずに言った。

「それにいなかったからうまくいったとも言えるでしょう」

たしかに蛍と二人だから若夫婦ということでうまくいったに違いない。

「とにかく桔梗屋さんのところに行くことにするよ」

榊は店から出た。

隣に蛍。後ろに佐助である。

「少し体が近くないか」

「誰かに見られてるかもしれないでしょ。いまは奥様だから」

蛍がすまして言う。

確かに芝居だと思われるわけにはいかない。素直に蛍の隣を歩いた。空は相変わらず曇っているが、雨は降っていない。

しかしそれがかえって蒸し暑さを生んでいた。

「こう蒸すと喉が渇くわね。早くもっと暑くなって欲しい」

「逆じゃないのか？　暑くなったらもっと喉が渇くだろう」

榊が言うと、蛍はなにもわかってないのね、という顔になった。

「もっと暑くなったら浴衣で歩けるじゃない。そうしたら涼しいわよ。いまの季節が一番暑いの。衣替えだってまだなのよ。早く袷《あわせ》を脱いで単衣《ひとえ》になりたいわ」

蛍がため息をつく。

「着ればいいじゃないか」

「季節というものがあるのよ。端午の節句をこえないと単衣にはなれないの。女の身だしなみっていうのは厳しいのよ」

榊からすると、季節関係なく好きなものを着ればいいと思う。しかしそういうものではないのだろう。同心というのはいつも同じ格好だから、蛍の言い分はよくわからない。

桔梗屋に着くと声をかける。

「お邪魔します」

手代がすぐに主人を呼びにいく。

「これはこれは」

「お邪魔します」

榊が頭を下げる。

「おう、邪魔するぜ、ですよ。榊さん」

桔梗屋の主人が窘めた。

「俺には無理です。こうやって俺って言うだけでも頑張ってるんですよ」

榊がため息をつく。

「そういう同心がいてもいいかもしれませんね。それで何か用事があってこちらに来られたのですか」

「はい。お願いがあって参りました」

奥に通されて、お茶を出される。お茶菓子はなしである。いくらなんでも一日中甘いものを食べていることになるので遠慮したのだ。

店主は榊を真っすぐに見た。

「どのようなことをすればよいのでしょう」

「じつは、鯉のぼりの多作という盗賊をこの店で捕らえたと喧伝したいのです」

「なかなか面白そうな話ですね」

桔梗屋は動じることなく笑顔を見せた。どうやらなかなか胆力のある人らしい。事件に巻き込まれる危険もあるのだが気にならないようだ。

「ここで鯉のぼりを捕まえたと噂を立てますから、誰かに聞かれたらその通りと答えて欲しいんです」

「わかりました」

桔梗屋はあっさりと首を縦に振った。

「ではまたご連絡します」

そう言うと、榊はさっと立ち上がった。あまり長居しても店に迷惑だからだ。

「もう今日はいいよ」

店を出ると佐助に声をかける。

「明日また函太郎さんのところで会おう」

「わかりました」

佐助の背中を見送ってから蛍と歩き出す。

「そうはいっても子供の噂もいっしょにやろう。捕まえた小唄でも作るかな」

「なんだか面白そうね」

蛍はどういうわけか機嫌がよさそうだった。といってもそこに口を突っこむと藪から蛇が出てきそうだから黙っている。

八丁堀の家に着くと、蛍が家に入るのを見届けてから家に入る。

家の門をくぐると、紫陽花《あじさい》の青臭い香りがした。近寄ると甘い香りがするのだが、遠くだとなんだか青臭い。

だから榊は紫陽花があまり好きではなかった。

しかし榊の家には紫陽花が多い。鉢植えを育てるのは同心の家にとっては大切な内職だ。いまの時季は紫陽花がよく売れる。だから梅雨の時季には同心の家には紫陽花がたくさんあるのが常である。

家の玄関をくぐると、茗荷《みようが》の香りがした。この時季は庭にいくらでも生えてくるから食卓に並びやすい。

それと筍である。涼風家の梅雨の食卓は茗荷と筍が中心といえた。

「ただいま戻りました」

母親の綾女《あやめ》が出迎えてくれる。

「お風呂に入りなさい」

言われて風呂場に行く。

江戸は内湯がある家は少ない。同心の家は広いから風呂もある。給金は安くて生活は苦しいが、庭は百坪ある。

たいていの同心はそこに長屋をたてて人に貸して家賃をとる。あるいは畑を作ったり花を植えたりしていた。

　榊の家も長屋をたてていて家賃を生活費のたしにしている。

　風呂場に行くと、小者の三蔵《さんぞう》がいた。

「あ。坊ちゃん」

「風呂は入れる？」

「いつでもどうぞ」

　言われて着物を脱いだ。

「最近お一人でおつとめされているそうですね」

「なりゆきでね」

「大したものです。坊ちゃんは天才てやつじゃないですか」

「ないない」

「だって、見習いを卒業して本役にあがるのって、だいたい三十を超えてからではないですか。十三歳でってそうはないですよ」

　そう褒められると嬉しくなる。

　さっと風呂に入って出ると、そろそろ父親の小一郎が帰ってくる時間だった。

「ただいま」

先に帰ってきたのは花織だった。

「あら。もうお風呂入ったの？　一緒に入ろうと思ったのに」

「それはいいから」

「そう？　よくないと思うけどね」

そう言って花織がにやりと笑った。

「なにか知ってるの？」

「まあ、大体はね」

「教えてください」

榊は頭を下げた。ここで争ってもしかたがない。

「なにをしてもらおうかしら」

「なんでもします」

「覚えておくわ」

そういえば、花織は暑くないのだろうか、とふと気になる。

「姉さんは暑くないの？」

「どうして？」

「今日、蛍が随分暑そうだったから」

「そうかもしれないわね」

花織は頷くと、榊の前で両手を広げてみせた。

「これはね。加賀《かが》のほうで作られる軽い紬《つむぎ》なのよ。だから袷でも単衣並みに涼しいの」

「それはいいですね。蛍にも買えますか？」

「高いから無理」

あっさりと花織が言う。花織は紅子から手に入れているのだろう。正直、同心の家では着物を新調することはない。買うにしても全部古着である。

男の榊と違って蛍は気になるかもしれなかった。

「あらあら。気になっちゃうわけ。若旦那としては」

「からかわないでくださいよ。なんで知ってるんですか」

「姉だから」

あっさりと言うと、花織はまじめな顔になった。

「噂の件、なかなかいい考えね。賛成だわ。でも少し甘いわね」

「どこがですか？」

「噂をまいて儲かる人がいないところね」

「儲かる？」

「人はただでもやってくれるけど、お金になった方がもっとやってくれるのよ」

どういう意味なのかがいまひとつわからない。しかし、なにかしら手抜かりがあったらしい。いい考えだと思ったのだが、と少し悔しくなる。

「ただいま」

声がした。父親の小一郎が帰ってきたようだ。

「まあ。とりあえず夕食をとりましょう」

姉に言われて夕食の卓についた。

食卓には茹でた筍が並んでいる。味噌汁の具は茗荷である。そして塩でもんだ胡瓜《きゅうり》があった。

「この時季の胡瓜はいいな」

小一郎は嬉しそうである。

胡瓜は本来熟れて黄色くなったものを食べる。いまの時季はまだ緑色で身も小さい。しかし塩で揉むとこの緑色のがおいしいのである。

「どうだ。うまくやっているか」

小一郎が聞いてきた。

「ええ。いまは新たなお勤めにはげんでいます」

父親とはいえ、詳細は語らないのがたしなみだった。

「ならばよい」

小一郎のほうも聞かない。

黙って食事をした。

榊もさくさくと食べる。筍の歯ごたえが気持ちいい。しかしさきほど花織に言われたことが気になってしまう。

さっさと食べて部屋に引き上げた。

とにかく明日から噂をまかなければならないからだ。


そして。


「こんな方法があったのか」

神田明神に行く途中で、榊は唸ってしまった。

「鯉のぼりの多作が捕まったよ」

叫び声とともに瓦版が売られている。今日は幸い五月晴れなので、瓦版屋もここぞとばかりに売っている。

瓦版には多作の顔が大きく刷られていた。といっても歌舞伎の悪役のような絵で描いてあるから元の顔は誰にもわからない。

多作の絵は三枚目に描かれていて、いかにもみっともなく捕まりそうだった。

「これはすごいわね」

隣で蛍も言う。

「これは意地でも桔梗屋を襲わないと面子《メンツ》がたたないね」

「それにしても、こんな嘘書いて平気なのかな」

榊が言うと、蛍が驚いたような顔になった。

「瓦版は嘘を書くのよ」

「そうなの？」

「ええ。たまに本当のことを書くらしいけど。絵だって絶対本人とわからないでしょう。今回は犯人をからかうために三枚目だけど、ちょっと良さそうな人だったら二枚目に描くのが普通なのよ」

確かに読む限りまるで芝居である。

「これって桔梗屋かな」

鯉のぼりを取り押さえている人間は目に縁取りもあった。

「これを見る限りではそうね」

桔梗屋に花を持たせたというところだろう。

こんなものを見せられたら盗む以前に腹が立つはずだ。

「これに加えてあちこちで噂を立てられたら、病気になりそうだ」

町のあちこちで、鯉のぼりのことが噂になっている。

函太郎の所に着くと、先日捕まえた善治がいた。

「おはよう」

挨拶をすると、善治が笑顔になった。

「俺は約束は守る男だからな。来たぜ」

「鯉のぼりのことがなにかわかったのか」

「おう。わかった」

「どんなことだ?」

「小柄で、いつも足半を履いてるらしい。なんでも飛脚だって話だ」

なるほど。飛脚なら足半も納得がいく。そもそもかかとをつけて歩いたりしない。

足半は音もしないから盗賊にちょうどいいのだろう。

「どうして端午の節句なんだろう」

「それはわからないけどな。そのころに時間があるんだろうよ」

「そうだな。ありがとう」

小柄な飛脚というのがわかればそれだけでもありがたい。

「じゃ俺はこれでな。なにかあったら相談にのるぜ」

そう言って善治は去った。

「相談といっても、どこにいるかわからないんじゃ相談のしようがないじゃないか」

榊が思わず苦笑した。

「あれは相生町《あいおいちょう》の大工だ。行けばすぐわかるよ」

函太郎が言った。

「わかるんですか？」

「そりゃそうだよ。手癖の悪い大工だからね。噂にはなるさ」

噂で何でもわかってしまうというのも大変だ。武家の世界はあまり噂がない。長屋というのはなかなか怖いところである。

「桔梗屋のまわりで足半の足跡を見つけたらその人が怪しいね」

足半はそんなにたくさんの人が履いているわけではない。いまは梅雨時だから見つけやすいに違いない。

「桔梗屋のまわりで張っておけば自然に捕まるだろう」

「お風呂は行かなくていいの」

蛍が言った。

「朝風呂は行くけどなんで？」

「なんでもない」

銭湯で噂をたしかめるのはいい方法である気がした。

「おはよう。榊にい」

粟太と小麦も来た。

「鯉のぼりってもう捕まったんだね」

「早いね。知ってるんだ」

「お父ちゃんが言ってた」

朝一番で瓦版を読んだ連中が、銭湯で噂をしているに違いない。そう考えると、
銭湯というのはなかなかすごいものだ。

「あ。でも」

「どうしたの？」

「鯉のぼりのほうが俺より強いんじゃないかな」

よく考えたら、相手に本気で抵抗されたら榊は負けそうである。

「岡っ引きを連れていけばいいじゃない」

「そういやそうだな」

それにしても、いざというときに自分だけではどうにもならないのは少々かっこ悪い気がした。

「自分だけで何でもできるつもりになっても仕方ないでしょ」

蛍が笑った。

「まあ、そうだね」

それにしても、どうやって瓦版にのせたのだろう、と不思議に思う。

花織の仕業なのはわかっているが、手回しがよすぎる。普段から瓦版屋とつきあってなければこうはいかないだろう。

何をやっているのかわからない姉だ。

「どちらにしても押し込む日がわかっているんだから安心だね」

榊は、一息つくことにした。

あとは仕上げだけだからだ。

「おはようございます」

佐助がやってきた。

「ちょうどよかった。風呂に行こう」

声をかける。

「はい」

「そして、岡っ引きを呼んで欲しいんだ」

「秀ですか？」

佐助が言う。

「彼なら盗賊よりも強そうだ」

「まあ、彼は下手すると殺してしまう以外は問題ないですね」

佐助が物騒なことを言う。

「これは奉行所に届けるべきなのかな」

榊が言うと佐助が首を横に振った。

「とりあえず必要ないでしょう。あまり榊さんが目立つのはいいことではありません」

「捕まえたら目立つのではないかな」

「もみ消しますから平気です」

佐助があっさりと言った。

「誰が？」

「お姉さんがですよ」

どうやって、と言おうとしてやめた。つまり、町奉行の遠山金四郎を通じてうまくやるということだ。

「姉さんはなぜお奉行様と親しいんだろう」

「奥方様と仲がよろしいようですよ」

「なぜだろう」

「そこまではわかりませんが、遠山様の奥方の若いころと少し似ているらしいですよ」

「姉さんが？　しかしうちはあのような大身旗本ではないぞ」

「若いころは相当なお転婆だったらしいです。お奉行様も遊び人だったそうで」

奉行の遠山金四郎が遊び人だったという話は聞いているが、それはやり手の奉行につきものの噂だと思っていた。

実際に遊んでいたのだろうか。それにしても奥方もというのは大げさだろう。榊としてはそこは信じられない。

「お奉行様は市井《しせい》に通じてるみたいだよね」

「はい。武蔵野《むさしの》一家という駕籠《かご》屋がありまして、そこの親分と遠山様は義兄弟なのです。だから遠山様はそこからさまざまなことを聞けるのです」

佐助が教えてくれた。

武蔵野一家は浅草《あさくさ》にある駕籠屋で、なかなかの勢力を誇っていた。江戸で駕籠を仕事にするには幕府の許可がいる。何丁の駕籠を持てるかも認可が必要であった。

駕籠屋はあちこちの辻にいるから、ある意味岡っ引きよりも頼りになる。

名奉行として名を馳せる背景には濃密な情報網があるというわけだ。

「すごいね」

「それだけではまだ足りないと遠山様はお考えなのです」

「あちこちに広げたいんだね」

「左様です」

そういう意味では、木戸番に来る子供達の情報も馬鹿にならないだろう。榊はまだうまく使いこなせていないが。

榊は栗太のほうを見た。

「鯉のぼりがかっこ悪かった、という話をあちこちの子供にしてもらってもいいかい」

「いいよ」

粟太が元気に答える。

「なるべく面白おかしくね」

「うん」

粟太は答えると、小麦とともに飛び出していった。

「子供って元気だね」

榊が言うと、函太郎が声をあげて笑った。

「自分もついこの間まではあっち側だったでしょう」

わずか数日で「鯉のぼりの多作」は江戸の有名人になった。みっともなく捕まった盗賊がいる、というのは江戸っ子の心を刺激したらしい。

いかにみっともなかったかを瓦版が書き立てた。

実際には事件すら起こっていないのに、筋書を作って書き立てる。真実を知っている榊としては少し悪質な気すらした。

その上に、桔梗屋が鯉のぼり饅頭を出した。

すぐに行列になった。

それを聞いた榊は慌てて桔梗屋に赴いたのだった。


「やりすぎではないですか？」

「なにがですか？」

桔梗屋の奥の座敷で、悠然と桔梗屋が答える。

「鯉のぼり饅頭ってわざわざ作らなくてもいいでしょう」

「儲かりますからね」

言いながら、榊にすすめてくる。

鯉のぼり饅頭は、黒い部分と白い部分でできた饅頭だ。盗賊が頬かむりをしているように見える。

「鯉のぼりと関係ない模様ですよね」

「盗賊饅頭ですからね。悪運を祓えそうだと人気です」

どうやら縁起かつぎにも使われているらしい。

「食べればわかります。味がいいから売れるのですよ」

桔梗屋は自信満々である。

「でも、怒るんじゃないでしょうか」

榊が言うと、桔梗屋が笑い出した。

「盗賊の誇りを心配しているのですか？」

「心配しているわけじゃないけど、これだけ馬鹿にされると気分が悪いんじゃないかと思うのです」

「悪いでしょうね」

桔梗屋がきっぱりと言う。

「しかし榊様。我々が誇りを持って作ったものの売上だけを持っていくというのはかなり馬鹿にした話なのですよ。金は稼げばすみますが、上前を撥ねられた悔しさというのは金には代えられないのです。だからこちらも少しは誇りを踏みにじってやらないと気がすみませんね」

確かにそれはそうだ。盗賊が盗むのは表面上は金だが、店の人間の努力を盗んでいるようなものだ。

「そうですね。相手が後戻りできないぐらいやっちゃいましょう」

そう言うと、榊は饅頭を口に含んだ。

「美味しい」

白い部分は山芋のような感じだ。黒い部分は小豆《あずき》である。ふたつの味がうまく溶け合ってなんともいえない美味さである。

「こんなに美味しいのは盗賊にはもったいないですね」

思わずほめる。

「毎日でも食べたくなる味ね」

わきにいた蛍も頷いた。

「いつでも食べに来てください。お二人から金をとろうとは思いませんよ」

桔梗屋が笑顔になる。

そのくらいは儲かったということだろう。

店を出ると、雨がじっとりと降っていた。

「お菓子がどんなに美味しくても台無しね」

蛍がいやそうに顔をしかめた。

「でもそんなに冷たい雨じゃないからね」

「だから蒸すのよ」

蛍は不機嫌である。

「今日は早めに帰ろうよ」

言った瞬間。

榊は地面に違和感を抱いた。店の前の道に点々とついている踵のない足跡があった。思わずしゃがみこんで見る。

「足跡だ」

「そうね」

「鯉のぼりのものかもしれない。今日って三日だよね」

「そうよ」

「じゃあ飛脚の日でもないな」

二日、十二日、二十二日は大坂《おおさか》から江戸に飛脚がやってくる飛脚の日だ。着いた飛脚は数日滞在して大坂に戻る。

もしかしたら、盗みを働いてすぐに大坂に戻るのではないだろうか。

大坂と江戸を往復する飛脚はそこそこの収入がある。手紙一通が大体百文。あとは荷物の重さで料金がかわる。

手紙なら五十通は運べるから、それで一両と少しだ。

そのほかの心づけなどを考えると悪くはない。

しかし、大坂と江戸を往復する生活だから旅がらすのようなものだ。そう考えると収入としては物足りないかもしれない。

ましてや梅雨時ともなるとつらい。飛脚は手に持つ傘をささずに、頭にかぶる笠を使う。月に三度使うから三度笠というわけだ。

それが旅人の象徴のように言われるくらいだから、なかなか過酷に違いない。

「つまり、年に一回の息抜きというわけか」

五月の二日に江戸に着いて、五日に盗んで大坂に戻る。そのまえに一年かけて店を物色するというわけだ。

江戸の商人の多く、特に呉服屋は大坂や京都と手紙のやりとりを必ずする。飛脚であれば怪しまれることはまったくないだろう。

「息抜きってなに？」

蛍が言う。

「大坂から江戸に来る飛脚が犯人かもしれないってことだよ」

「なぜそう思うの？」

「やっぱり江戸に暮らしてるとさ。自分の匂いみたいなのが出る気がするんだ。うまくいったら年に何回もやりたくなるだろうし。でも飛脚なら江戸に住んでるわけじゃない。お金を持っていても疑われないしさ」

「それはそうね」

飛脚は手紙もだが、金を運ぶことも多い。

だから飛脚が大金を持っていても怪しまれることは少なかった。

榊の予想としては、多作は年に一回盗賊で稼いで収入を補っているのだろう。

「それで、飛脚だとどうなの」

「表に逃げられたらもう捕まえられないってことさ」

飛脚は足が速い。江戸から大坂までを六日で駆けぬけるのだ。普通なら二十日ほどかかる道のりをである。だから本気で走られたら終わりだ。

店の中で一気に捕まえてしまうしかなかった。

「幸いなのは、殺し合いにはなりそうもないことだね」

そこは救いだった。

「でも、徒党も組まない、引き込みもいない、という様子で、しかも一人でうまくいくものなのかしらね」

蛍が首をかしげた。

「それは当日になってみないとわからないね」

しかし、盗む日がわかっている以上はなんとかなるだろう。

そして五月五日の朝になった。

榊はあらためて、旅籠町のあたらし屋に行った。噂の様子を確認するためである。佐助は置いて蛍と二人である。

店では若夫婦でいた方がいいからだ。

店に入ると、先日出会った女性陣が汁粉を食べていた。

「こんにちは」

声をかけると、四人とも榊のほうに寄ってくる。

「若夫婦じゃないの。うまくいってる？」

「おかげさまで。そちらもなんだか嬉しそうですね」

「うん。あの女が出ていったのよ。で、亭主が謝ってきたの」

「なにかなさったんですか？」

あまり暴力的なことだと、それはそれで困ってしまう。

「それがね。相手の女はもっといい男だと思ってたんだって。それが暮らしてみたら勝手が違うっていうんで出ていったみたい」

「それはずいぶん勝手ですね」

「思いこみなんてそんなものよ」

松が声をたてて笑う。

「だってさ、自分の都合だけで考えるわけじゃない。相手の気持ちとかさ。いろんなこと無視して考えたら無理がくるわよ」

たしかに、この人はこんな男だと夢を見たら現実は違っていた、はありそうだ。他人はなかなか自分の思い通りにはいかない。

そう考えて、榊はふと、鯉のぼりのことを考えた。

鯉のぼりはこんな人間だ、と思いこんで罠を張っているのではないだろうか。もし、鯉のぼりが今回の噂を利用して、桔梗屋以外の店に押し込むのであれば、たいへん押し込みやすいということになる。

なんといってもこちらは顔も知らないわけだ。裏をかくならやりたい放題である。

すると榊は失敗したのだろうか。

「どうしたの？」

「もし鯉のぼりが桔梗屋以外に押し込むなら、今回騒いでるのは悪い手だなと思って」

「それはそうね。だとしたらどうするの？」

蛍に聞かれても、いまさら変えようもない。

「どうしたものかな」

「ねえ、こう考えたらどうかしら。相手も油断してるって」

「油断？」

「だってこちらの裏をかいたと思ってるわけでしょう」

確かにそうだ。そう考えたら悪くはない。

「犯人が本当に飛脚であるなら、網を張れるのではないかしら」

「そうだね」

飛脚は普通の宿には泊まらない。さまざまな荷物を持っていて盗まれると困るからだ。だから飛脚宿という専用の宿を使う。

大名のための飛脚なら、飛脚小屋とか飛脚役場が別にある。

鯉のぼりはおそらく三度飛脚だろうから、飛脚宿を張ればいい。

「もし飛脚じゃなかったらいい恥さらしだ」

「子供だから、で許してもらいましょう」

「子供ね」

子供か、と榊は思う。もし榊が鯉のぼりを捕らえたと吹聴したなら、近くまで顔を見に来るだろう。もしかしたら声をかけてくるかもしれない。

裏をかくにしても榊になんらかの意趣返しは企みそうだ。

お互い顔を見てからのほうが勝負はしやすいと思われた。

「方針をかえよう。明日、いや今日、俺が鯉のぼりを捕まえたことにする」

「どうして？」

「顔を合わせられそうだからね」

顔を見てしまえばなんとかなるような気がした。

桔梗屋に押し込んでくれればいいが、そうでなければおしまいだ。

あたらし屋を出ると桔梗屋に向かう。

店の前は行列ができていた。

榊は行列の周りを見た。立ち止まらずにうろうろしている男がいる。いや、うろうろというには動きが速い。

足を見ると足半の草履である。立ち止まるようにはできていないから、どうしてもうろうろすることになる。

さりげなく男を見ると、男はすぐに榊の視線に気が付いたようだった。

「なんだ、お前は？」

榊に声をかけてくる。小柄だが、しまった体つきをしている。下半身もだが、肩ががっしりとした感じに張っていた。

「なんだかかっこいいなって思ったんです。全然無駄のない体で」

蛍がわきから声をかけた。

蛍に無駄のない体と言われて、男は少し機嫌をよくしたようだった。

「おう、見る目あるな、姉ちゃん。てほどは年いってないか」

「まだ十三歳ですから。すごい足ですね」

男は着物を半分はしょっている。着物から見えている足はとにかくひきしまっているとしか言えない。もしこの足で逃げられたら、誰も追いつけそうにない。

「この足は自慢の足さ」

「甘いものが好きなんですか？　ここに並ぶっていうことは」

榊が聞くと、男はいやそうな顔をした。

「甘いものは好きだけどさ。今日来たのは、ここが盗賊を捕らえたって噓を流して儲けてるのが気にいらないからだよ」

「あの鯉のぼりのことですか？　噓なんですか？」

榊が驚いたように目を見開いた。

「おうよ。鯉のぼりはあんな間抜けじゃねえ」

男が憤然と言う。

こういう態度をとるからには、本人か、関係者に間違いない。それにしても、やはり気になるものなのだろう。

「すごい盗賊なんですか？」

「あたぼうよ。こう言っちゃなんだが、江戸一番の盗賊だと思うぜ」

「でも捕まっちゃいましたよ」

「だからそれが嘘だって言うんだよ」

そう言うと、男は腹を立てたらしく去って行ってしまった。

「間違いなく本人よね、あれ」

蛍が呆れたように言う。

「本当にあんな人がすごい盗賊なのかしら」

「すごいのは間違いないね。もう見えなくなっちゃったよ」

ものすごい速度である。もし夜にあの速度で走られたら、捕まえるのは無理だろう。取り囲んだとしても逃げられてしまいそうだ。

「犯人がわかったとしても、そのまま大坂まで逃げられたら終わりだ。大坂ならまだいいけど、もっと西まで逃げられたら捕まえようがない」

たとえ人相書きを配ったとしても、簡単ではない。鯉のぼりもそれを知っているから端午の節句に盗みを働くなどというわかりやすいことをしているのだろう。

だとすると、やはり桔梗屋に盗みに入るに違いない。

疑いが確信に変わる。

「でも、かなり大がかりにやらないと捕まえるのは難しい気がするな」

「そうでもないわよ」

後ろから花織の声がする。

花織が楽しそうな顔で立っていた。

「なんでここにいるんだ、姉さん」

「榊を待っていたからよ。鯉のぼりまでいるなんて幸運ね」

「どうしてここで俺を待っていることができるんだ?」

思わず聞く。

いくらなんでもできないだろうと思われた。

「全く不思議でも何でもないわよ。こんな騒ぎになったら桔梗屋へ見物に来ないわけがないでしょう。そもそも、鯉のぼりがいるかもしれないしね。榊の読み通り、鯉のぼりもいたじゃない」

確かにそれはそうだ。簡単な推理であることは間違いない。むしろ榊の方が、花織がいると予想すべきである。

「あんなに足が速い人が簡単に捕まるの」

「足が速いからね。捕まりやすいわ」

「どういうこと？」

「そこは自分で考えなさい。そんなことよりも、桔梗屋にきちんと話を通して間違いのないようにしなさい」

どうやっても姉に勝てない、と思いつつも、鯉のぼりを捕まえる方が大切だった。

そこからは早い。桔梗屋に話をつけて、佐助に岡っ引きの秀を呼んでもらう。

あとは夜、鯉のぼりを待ち伏せるだけだった。

夜になって、雨が降り始めた。

店の中には明かりはつけていない。真っ暗な中で盗みができるものなのだろうか。うかつに明かりをつければ店の中で待ち伏せていることがわかってしまう。

榊は、蛍と二人で店の奥にしゃがんでいた。こうしていれば明かりがつくまでは見つからないらしい。

「どうせなら明かりがついたときにすぐわかる方が驚くかな」

榊が言うと秀がうなずいた。

「そうですね。でもそうしたらすぐに逃げられてしまいますよ」

「そうか」

「相手が店に入って金を摑んだあたりで見つかってください」

「わかった」

結局、金蔵の前に座っていることにした。金蔵といっても呉服屋などと違って大げさなものはない。奥の箪笥の前である。

佐助と秀は外で捕まえてくれるらしい。

真っ暗な中で蛍と鯉のぼりを待つ。

「本当になにも見えないね」

榊が言う。

「さすがに少しこわいわ。ちゃんといる？　消えたりしてない？」

「じゃあ手でも握っておく？」

「いいわ。恥ずかしいから」

蛍は断った。まあ、たしかに恥ずかしい。

そう思ってそのまま座っていた。

「どうして一回断ったらあきらめるの」

蛍が怒ったように言ってきた。

「だって断ったじゃないか」

「そこはもう少し強引に手を握るのが決まりなのよ」

「どこの？」

「大人の。榊は子供すぎるわ」

「ごめん」

理由はわからないが、謝るべきだというのはわかった。

そして蛍の手を摑む。夜のせいか少し冷たい。もしかしたら心細いのかもしれない。

闇の中は時間の流れがまるでわからないから、どのくらいたったのかわからない。

随分長いこと待っていたような気がする。

冷たかった蛍の手がすっかり温まったころ。

かすかに音がした。

闇の中を誰かが進んでくる音がする。

人の形をした影が見える。それにしても、まるで明かりをつけていないのに、まったく迷うことなく榊のところまで来る。

そして闇の中の榊を見つけたらしい。

「誰だ」

「こんにちは。昼間会いましたね」

榊が答えると、舌打ちが聞こえた。

「昼間の子供か。まあいいや。俺の邪魔をするなよ。見逃してやるから」

そう言うと、火花が散って、ろうそくに火が灯った。小さな明かりなのにすごくよく見える気がする。

むしろまぶしいくらいだ。

「なんだよ。逢引きか」

鯉のぼりは薄く笑った。

そして一瞬で簞笥の鍵を開ける。

「合鍵もないのに開くんだ？」

「錠前のつくりなんて単純だからな。すぐに開くんだよ」

そして切り餅をふたつ摑んだ。

「じゃあな」

そう言うと、ろうそくを消す。

あたりが闇に戻った。ろうそくの火を見たせいで、鯉のぼりの姿も見えなくなった。待ち伏せしたのになにもできなかった。

榊にとっては衝撃である。

もう少しかっこいい自分を想像していただけに、座って見逃すというのは自分としてもありえないと思う。

「どうするの？」

蛍が耳元で囁いた。

「どうにもできない」

思わず脱力する。

入口で悲鳴が聞こえた。

「御用ですよ」

佐助の声がした。

「観念したほうがいいぜ」

秀の声もする。

「残念でした」

花織の声までした。

どうやら入口で捕まったらしい。

入口からは光が見える。ろうそくがついているらしい。

光を頼りに出ていくと、鯉のぼりが縛られていた。

「お手柄ね、榊」

花織がからかうように言った。

「どうやって捕まえたのですか」

「入口に紐で罠をつくっただけよ。転んだらもうなにもできないから」

花織があっさりと言う。

「こういうのは単純な方がうまくいくからね」

出ていくと、鯉のぼりはあきらめたような顔で地面に座っていた。

「死罪ですかね」

「それはあなた次第よ。うちの弟のためにがんばってくれるなら、命は助かるかもしれないわね」

「助かるんですか？」

「足が速いからね」

花織が楽しそうに言う。

「榊はどう？　この人とうまくやっていけそうかしら」

「どうでしょう」

「俺はうまくやっていけるよ。いける」

鯉のぼりが答えた。

根は悪い人間ではないのだろう。

「それにしてもそんなに簡単に許せるものなんですか？」

「役に立つならけっこう許すわ。もっと大きな事件を解決するために小さな事件は見逃すことになってるのよ」

それもそうか。岡っ引きも密偵も元はたいてい元犯罪者である。

「それよりも、盗賊そっちのけでの逢引きは楽しかった？」

花織に言われて、榊は言い返そうとした。が、なにもできなかった身ではどう言い返していいかわからない。

「ごめんなさい」

思わず謝る。

「なぜ謝るの？」

「なにもできませんでした」

そう言うと、花織は怒ったように、ふん、と鼻を鳴らした。

「いい、榊。言っておくわ。大口を叩きなさい。そして失敗しなさい。恥ずかしい思いをしなさい。そして立ち上がりなさい。大人になったらもうできないんだから。男の子でいるうちにたっぷりと恥ずかしいことをするのよ」

姉の方を見ると、真顔だった。

「うずくまるのと折れるのは駄目。わかった？」

強く言われて、榊は大きく息をついた。

たしかに榊はまだ男の子なのだろう。一人前ごっこをしているだけだ。

「わかりました」

そして思う。

明日はもう少し一人前に近づこう、と。

「じゃあ、これでおしまいね」

花織は大きくのびをした。

「それにしても、どうして姉さんがここに？」

榊がそう言うと、花織はにやりとした。

「それが聞きたいなら、家に帰って一緒にお風呂に入りましょう」

2

「稗蒔《ひえま》き稗蒔きぃぃぃぃぃぃ」

稗蒔きの声が響いてくる。端午の節句の菖蒲太刀売りの声がしなくなると、すぐに稗蒔き売りの季節になる。

そうなると本格的に夏が来たという気持ちがわいてくる。

「ひとつ買おうかしら」

涼風榊の隣を歩いている夏原蛍が、はずんだ声を出した。

「え、あれ買うの」

榊は思わず声を出した。

稗蒔きというのは、箱田んぼといったものである。五寸ほどの箱の中に、稗の新芽で作った田がしつらえてある。その上に水車小屋や農夫の人形などを配置する。田園風景をながめて涼むという趣向である。

「榊は興味ないの？」

「食べられないしね」

榊が言うと、蛍が声をあげて笑った。

「なにそれ。食べられないならいらないの」

「だってそうだろう。どうせなら食べられる方がいい」

「食い意地が張ってるのね」

蛍は榊の幼馴染で、同心の娘である。

同心見習いとして事件解決にあたっている榊に付き合ってくれている。

同心には小者、岡っ引きのほかに同心見習いがつく。ぞろぞろと連れ立って歩く上に雪駄の金具のちゃらちゃらいう音が案外やかましい。

格好いいともいえるが、犯人は音だけで逃げてしまうから隠密の捜査にはまったく向かないのである。

なので、まだ十三歳の榊は子供として内密に捜査をおこなっていた。目立たないように雪駄ではなくて草履にしている。

羽織も同心の羽織は使っていなかった。

同心の羽織というのは普通のものよりも少し長い。裾をひらひらさせるのが格好いいということでそうなっていた。

そういう意味では、榊は外見ではなんだかわからない子供という様子である。そのうえ隣に蛍がいるから、間違っても同心には見えない。

「とにかくなにか食べよう」

「食べることばかりね。榊は」

「育ち盛りだからな」

答えながらあたりを見回した。

榊が歩いているのは神田明神のあたりだ。明け六つにもなるともう参拝客がぞろぞろとやってきてやかましくなる。

ましてや六月の頭となると、普段よりも参拝客は浮足だつのである。六月は天王祭があちこちで開かれるので、祭好きにはたまらない。

「そんなことよりも言うことがあるでしょ」

蛍が榊を睨んだ。

「なにを？」

「わたしを見て言うことよ」

そう言われてあらためて蛍を見る。しかし、蛍はいつもの蛍だった。

「謎をかけられてもわからないよ。言ってくれないと」

言った瞬間、右の耳たぶを思いきりひっぱられた。

「着物よ、着物。変わったのが見えないの？　その顔にはまってるのはなに？　目のように見えるけど、びいどろかなにかなわけ？」

そう言われて、蛍の着物に目を向ける。たしかに、なんだか着物が薄くなったような気がする。

色もやわらかい水色になっていた。先日まではもう少し濃い色だった気がする。

いままでまったく気が付かなかった。

しかし気が付かなかったと言うと、なんだか危ないことが起こる気がした。

「その水色はよく似合ってるね」

そう言うと、蛍は最初から言えという顔になる。

「もう少し気がきくようになったほうがいいわよ」

「浴衣ではないんだね」

「これは単衣《ひとえ》よ。浴衣にはまだ少し早いの。でも榊が見たいなら浴衣でもいいわよ」

「そうか。浴衣も見てみたいな」

「じゃあ今度着てあげる」

蛍の機嫌が完全になおったようだ。

それにしても見たことがない着物だ。榊はずっと蛍といるが、今日の着物は見たことがない。

「それは初めて見る着物だね」

「花織さんがくださったのよ。この間のお礼だって」

蛍が顔を赤くする。

どうやらお駄賃としてもらったらしい。花織の見立てか紅子の見立てかはわからないが、蛍によく似合っている。

機嫌のいい蛍と連れ立って、函太郎のいる木戸番に着いた。

「お。なんだか機嫌よさそうだね、蛍ちゃん」

函太郎が声をかけてきた。

「少しね」

蛍が言う。そんなことよりもそろそろ腹が減った、と、榊は懐から一文出した。

「函太郎さん、きなこ棒。これが一番美味しいよ」

榊が言うと、函太郎はにやりと笑った。

「ところがそうでもないんだな」

「なにかいいお菓子でも入ったんですか」

「もちろんさ」

函太郎が嬉しそうに菓子を出してくる。

それは小さな羊羹《ようかん》であった。

「丁稚《でっち》羊羹じゃないか。今日はあたりだね」

丁稚羊羹は、餡子を作るときに鍋肌にこびりついた餡をお湯で薄めて作った羊羹だ。上等な店のものは上等な味がする。

といっても本来捨てるものだから格安で売ってくれる。しかし量は少ないから、毎日入るとはかぎらなかった。

鯉のぼりの多作の件で榊と協力したこともあって、桔梗屋が函太郎にはわりと多めに仕入れさせてくれていた。

「上等な餡子から作られてるから美味しいんだね」

きなこ棒の方が腹にはたまるが、丁稚羊羹の美味しさは格別である。

「ところで、なにか変わったことはありましたか、函太郎さん」

榊が言うと、函太郎がいたずらっぽく笑った。

「それがあったよ」

「なんですか」

「幽霊が出るらしいんだよ」

「それは無茶でしょう」

「それがそうでもないらしいよ」

函太郎が眉をひそめた。

「なかなか怖いらしい」

「まさか幽霊にまぎれて金が消えるんじゃないでしょうね」

「消える。毎回じゃないけどね」

「いずれにしてもそれは盗賊でしょう」

「とにかくみんな怯えてるみたいだよ」

幽霊か、と榊は思う。実際いるのかどうかはわからない。だが、もしいるなら十手は役立ちそうにない。

なんとなく背筋がぞくりとした。

耳元に風を感じて、思わずとびすさった。

「あら、怖がりなのね。もらした?」

「姉さん」

姉の花織が、どこから現れたのか立っていた。

「おはよう、蛍ちゃん」

「おはようございます、花織さん」

「どこから湧いてでたんですか」

「あら、ひどい言い方ね」

花織がなぜか嬉しそうに言う。

「邪険な弟も悪くないわね」

「それで、なんの用事なんですか」

思わず身構える。といっても、風呂に入ろうとか、男にしてやるという決まり文句をのぞけば案外真面目に南町奉行遠山金四郎の使いであることが多い。

だから同心見習いの立場としては、花織の言葉をないがしろにもできない。

「それで、今度はなんですか」

「幽霊退治よ」

さきほど函太郎が言ったことを口にする。

「それって火盗改めか隠密同心の役割だと思いますが」

「火盗改めに手柄を持っていかれたくないの。あっちは番方でしょ。役方の町奉行側としては負けたくないの」

町奉行所と火盗改めの仲は悪い。町奉行は「役方」といって「文官」に属している。火盗改めのほうは「番方」といって武官である。

所属が違うから仲も悪いというわけだ。

凶悪犯罪においては圧倒的に火盗改めが上で、町奉行所は面子《メンツ》を潰されることの方が多いのである。

「それなら隠密同心がやるべきだと思うけど」

榊が言うと、花織が少々怒った顔をした。

「なに、仕事をしたくないの」

不意に右手を伸ばすと榊の鼻をつまんだ。

「一回か二回事件を解決したからって天狗になったのかな？」

思いきりつまれてけっこう痛い。

「違います」

答えると、手を離してくれた。

「どう違うのか答えなさい」

なかなか手厳しい。とはいえ、腑抜けたことを言う榊のほうに問題があるのだ。

「違います、というのは、なにも考えてないけどその場をしのぎたいときに使う言葉なの。だから使っては駄目。そのあとのすみません、もごまかしの言葉だから駄目」

花織に睨まれて、まさにすみませんと言おうとしていただけに唇を噛む。

「言おうとしたわよね」

「す……ごめんなさい」

榊は頭を下げた。

「それで、なんだって隠密同心に任せればいいなんて思ったの？」

「なんだか自分がいろいろ押し付けられた気になったんです。どうしてそう思ったのかはわかりません」

正直に答える。

浅はかな驕りなのかもしれない。自分としては軽い気持ちで言った冗談だが、同心としてはけして言ってはいけない言葉である。

「同心としては失格です。言い訳のしようもありません」

「そう。ならいいわ」

花織が表情をゆるめた。

「いけないことをしたとわかったならいい。そのかわり必ず犯人を捕らえなさい。火盗改めに負けたらクビよ」

「はい」

花織は榊の額を指ではじいた。

「自分の頭を使ってしっかり考えなさい」

そう言って花織は榊に背中を向けた。

「失敗した」

榊はため息をついた。

「そうね。少し怖かった」

蛍が少々震える声を出した。

「まあ、男にはありがちな失敗だよ」

函太郎が、ぽんと榊の肩を叩いた。

「函太郎さんにもこういう失敗があるんですか？」

「あるある。たくさんあるさ」

函太郎が笑った。

函太郎の笑い声を聞くとなんだかほっとする。

「これはよくあるしくじりなんでしょうか」

「もちろんさ。最初にうまくいくと心が驕ってね。本当ならこちらが頭を下げて頼むところを、やってやってるって気持ちになるもんだよ」

たしかにそうだ。榊もいつの間にか、やってやってる、という気持ちになってい
た。

「俺は駄目なやつですね」

そう言うと、函太郎はまた笑った。

「十三歳ではなかなか悟れないさ。そんなことよりも犯人を捕まえる方が大切だ。他の方法では挽回できないだろう。今回の相手は手強いよ」

函太郎が励ましてくれる。

「手強いってどういうことですか」

「今回の相手は、盗賊というよりは新手の掏摸《すり》なんだ。だから、根城があるわけでもない。一人でふらふらして盗みを働いている。こいつは厳しいね」

「みんなは掏摸をどうやって捕まえているんですか」

気になって聞く。

「掏摸は、掏摸だという髪型をしているんだよ。だから髪を見ればわかるんだ」

「髪型でわかるなら、掏摸はすぐ捕まるんじゃないですか」

「ところがそうでもないんだよ。掏摸ってのは特別な連中だからね」

函太郎が首を横に振った。

「簡単には捕まらないのさ」

「どういうことですか？」

「あれはその場で捕まえないと駄目なんだ。後から気がついた、ていうのでは捕まらないんだよ」

「大事なものを掏られたら終わりってことですか」

「それがそうでもないんだ」

函太郎はどう説明しようか、というような顔になる。

「江戸の掏摸っていうのはね、全員で一人のようなものなんだよ。掏ったものは全部親分のところに届けるんだ。金だけ抜いて捨てるようなことはしない」

「どうしてですか？」

「間違って形見とか、大切な書付なんかを掏ってしまうこともあるだろう。金なら稼げばいいが、取り返しのつかないものを掏ったら申し訳ないからね」

どうやら、掏摸なりの仁義があるらしい。

「みんな守っているんですか」

「守らなければ、江戸ではやっていけないよ。何かあったときには奉行所にもきちんと協力するんだ。だからその場で捕まらなければ罪に問わないという約束も守られてるのさ」

　つまり、奉行所もある程度は見逃しているということだ。

「そうですね」

「掏摸だってわかる髪型をしていれば、奉行所の人間だって声をかけやすいだろう」

　それにしても、自分が掏摸だというのを堂々とさらしているのは不思議な話だ。

「今回の泥棒は、そうした掏摸じゃないからな。多分勝手にやってるんだろう」

「どうしたら捕まえられるんでしょうか」

「それはあんたが考えることだろう。俺に聞くなよ」

　幽霊というからには、夜に出るということだろう。

「何時ごろやられたんでしょうかね」

「丑三つ時と言いたいが亥の三つごろみたいだ」

「見回りのまえくらいですか」

　子の刻になると、木戸番が夜回りをはじめる。盗賊などを見つけたら叫ぶ仕事だ。

　木戸番は岡っ引きではないから戦うことはできない。

　そのかわり叫ぶ。

たいていの盗賊はそれで逃げていくというわけだ。

亥の三つとなると、出歩いているのは飲みすぎた酔っ払いくらいだ。あとは夜鷹《よたか》蕎麦くらいだろうか。

「お金をとられた人に話を聞けますか。というよりも、番屋に届けたんですか」

「幽霊にやられたなんて届けるのは無理だろう。たたりも怖いし」

「たたりって、函太郎さんも信じてるんですか?」

「信じちゃいないが、万が一ってことはあるよ」

函太郎が胸を張った。

たたりというのはやっかいだ、と榊は思う。江戸っ子はとにかく迷信に弱い。たたりがあるとなったら少額の金なら取り返す気にもならないだろう。

そう考えると、なかなか悪質な犯人だ。

榊はなんだか腹が立ってきた。この間捕まえた鯉のぼりの多作はなんだかんだいっても自分の技を持っていた。

それに比べると今回の幽霊は、他人の心の弱みにつけこんでの犯罪だ。

それはやってはいけないことだ。

「しかし夜中というのはやっかいですね」

榊はため息をついた。

榊はまだ少年である。夜中にうろうろすることはとてもできなかった。つまり、夜現れる幽霊を昼間に捕まえるしかない。

それはなかなか難しい気がした。

頭を使って、と花織が言っただけのことはある。これは謎解きをしないわけにはいかないだろう。

「それで函太郎さん。金を盗まれた人を探すことはできるんですか」

「それはなんとかなるだろう。三日ほど時間をくれればな」

「わかりました。その間に、俺も少し考えてみます。あ、それと、やられたのはどこですか」

「幽霊坂だよ」

「わざわざ選んだんですね、それは。しかたないやつだ」

榊は肩をすくめた。

「おまたせしました」

佐助の声がした。

「お、今日は一段と可愛らしいですね」

佐助が抜け目なく蛍をほめた。

「ありがとう」

蛍が笑顔を作る。榊に見せる笑顔と違って、澄んでいて可愛らしい。

「ちょっと行ってみたいところがあるんだけど、いいかい」

「小者ですから、どこにでもお供します。どちらに？」

「堀留町《ほりどめちょう》。荒物屋さ」

榊が言うと、佐助が首をかしげた。

「いいですけど変わったところに行きますね」

荒物屋というのは、雑な小間物屋だ。売っているものは小間物屋と同じだが、値段は半分である。そのかわり品質は半分以下。安いので、品質に興味のない人間には人気がある。

品による質のばらつきもすごい。目利きにとってはいいものを安く買える店でもあった。

あちこちにあるが、堀留町の店は一応質がいいと言われている。

幽霊を演じるのに幽霊坂というのは少々できすぎている。だから犯人は芝居っ気があるのではないかという気がした。

芝居といえば猿若町《さるわかちょう》だ。しかし、小物を揃えるなら堀留町のほうがいい気がした。

「筋違い橋を渡っていけばすぐだね」

「いいわね。ついでに富沢町《とみざわちょう》も見たい」

蛍が声をはずませた。

富沢町は古着屋の町である。全国から古着や布が集まってくるから、見ているだけでも楽しいらしい。らしい、というのは榊にはまるで楽しくないからだ。

楽しんでいる蛍の顔を眺めるくらいしかやることがない。

「あくまでついでだからね」

釘をさしつつ、絶対に荒物屋のほうがついでになるだろうと確信する。もっとも富沢町にも用事はあるのだ。

堀留町には筋違い橋を渡ればわりとすぐに着く。

大傳馬町《おおでんまちょう》を抜けて堀留町に着いた。

このあたりは醤油問屋がわりと多い。そして線香屋《せんこうや》もあるから、道には醤油と線香の匂いが漂っている。

路地裏のような場所に荒物屋はあった。荒物屋というのはだいたい粗末な店を構えていることが多い。

町のすみに露店を構えるのが普通だった。ちゃんとした建物ではないということで家賃が安いらしい。

店の名前もついていない。「荒物」だけである。

店に着くといかにもやる気のなさそうな主人が煙管《きせる》を吸っていた。

「なんだい。草履かい」

榊の方を見る。

「聞きたいことがあるんだけどいい？」

「いくらだい」

「お金とるの？」

「なにも買わないなら金はもらう。ただではなにも渡せないね」

「わかった」

榊は店を見回した。

下駄に草履、雪駄《せった》、傘、涼傘と並んでいる。他にてぬぐいもある。さらには何に使うのかわからない雑貨に、お面もある。雪駄を買うのは悪くないかもしれないと手にとった。

「これ、鼻緒が紙でできてるよ」

「安いんだから当然だろう」

「いくらですか」

「十六文だ」

「安いね」

「だろう」

店主が得意そうな顔をした。

雪駄も上物なら二百八十文くらいする。十六文はいくらなんでも安すぎる気がした。

「鼻緒を換えればいい品だよ、そいつは」

たしかにそう思えた。下駄にしても雪駄にしても高いのは鼻緒である。手にとった雪駄にはとにかく粗悪な鼻緒がついている。

「鼻緒は売ってないんですか？」

「あるよ、別売りで。牛革もある」

「いくらですか？」

「一分だよ」

「それはいいや」

やはり鼻緒は高い。一分といえば千文である。雪駄自体は安くてもいい鼻緒をつけようとするとかなりかかる。

「これをおくれ。ところで最近お面を買っていった客はいないかい」

榊が聞くと、店主は首をかしげた。

「面はいないな。顔に付けるものなら、かつらはいたよ。変わってたから覚えてる」

「へえ。どんなお客だった?」

「なんだろうな。かつらっていうのはさ、ちょっと雰囲気変えたいとか、髪が薄いのをごまかしたいとかだからさ。あまり長い髪のかつらってないんだよ。むしろ付け毛のほうがずっと多い。でもそいつはずいぶん長いのを探してたな」

「売ったのかい?」

「うちにはなかったよ。長いかつらは高いから扱えない。十九文見世でも売ってないって文句言ってたな」

「女の人なのか?」

「いや、男だね。あれは役者かもしれないいな」

「なんでそう思ったんだ?」

「男なのに白粉《おしろい》の香りがしたんだよ」

たしかに、それは役者かもしれない。しかし役者なら買物は猿若町近辺の店でしそうなものだ。

昔はこのあたりが江戸三座のある場所だったが、いまは違う。芸事の町ではあるが中心ではない。

幽霊と聞いたとき、役者なのかもしれないと思ったが、勘は当たっていそうだった。

「そういうかつらはどこで売ってるんだ？」

「このへんだったら葺屋町《ふきやちょう》じゃないかな。それか猿若町だろうよ」

「ありがとう。これをください」

榊は十六文の雪駄を買った。

「おいおい。三人で来て買うのは一人かい。こんなしみったれ相手じゃあしゃべり損だね」

店主が蛍と佐助を睨む。

「あ。じゃあ草鞋《わらじ》をください」

「十二文だ」

「わたしはこれをもらうわ」

蛍が鼻緒を手にとった。

「お。お嬢さんは目が高いね。そいつは紅絹《もみ》でね、五十文だ」

「五十文。ということは偽物なのね」

「本物と少し違うだけだよ」

店主が文句を言う。

「本物の紅絹ならどんなに安くても五倍はするじゃない。でも、まるで本物みたいね」

蛍が感心した声を出す。

「紅絹ってなんだ」

「名前の通り紅花で染めた絹よ。紅花も絹も高いから、鼻緒としてはけっこう高いわ。それはなかなかよくできてるわね」

「山形の本物の紅花は高いからね。安い庄内の紅花と、絹木綿で作ったのさ」

「絹なんてほとんど入ってないじゃない」

「二割は入れてるよ。蕎麦と同じだ」

店主が口をとがらせた。

「いいわ。いただく」

蛍は買うことにしたらしい。

「ありがとうよ。付け替えるかい。それは無料でいいよ」

蛍は少し考えると首をたてに振った。

「そうね。お願いするわ」

店主は、蛍の下駄の鼻緒を素早く替えてくれた。

水色の着物に赤い鼻緒がよく似合う。機嫌よく店をあとにした。

「じゃあ葺屋町に行こうか」

「富沢町もね」

蛍が念を押す。

「もちろんだよ」

富沢町の古着屋で、幽霊らしい着物を買った男がいるかもしれない。幽霊には足がないのが相場だから、足元が見えにくい着物を選んだかもしれなかった。

「先に富沢町に行こう」

富沢町の古着屋は「朝市」といって早朝から開いている。

昼になると帰ってしまう行商人もいるから、早いに越したことはないだろう。

富沢町は、さまざまな人でごった返していた。富沢町は江戸のお洒落の中心地のひとつである。新品の着物を呉服屋で仕立てるというのは、庶民にはできない。

だからお洒落というと古着になる。江戸にはさまざまな古着を扱う店があるが富沢町は昔は芝居町だったから、格別賑やかである。

芸者達もよく使う。といっても芸者は買うよりも売りに来る方だが。

「榊もなにか買うの？」

蛍が店に榊を引っ張っていこうとする。

「俺はいいよ」

「着物を見ないと駄目なんじゃないの」

蛍がむくれた声を出した。確かにそれはそうだ。あたりをつけるためにここに来たのに、眺めていてはどうにもならない。

「わたしはここで見ていますよ」

佐助がさっさと逃げる。

たしかに佐助も着物に興味はなさそうだ。

蛍に付き合いながら、周りの客を見渡す。盛り上がっているのはたいがい女性客だ。男は適当に丈夫そうなものや安いものを選ぶことが多い。

熱心に選んでいる男性客がいると、それは少し身を持ち崩した感じの男か、役者のような男ばかりである。

着物に対しての情熱は、かなり違いがありそうだ。

今回の幽霊泥棒はどんなやつなのだろう。なんとなく男と決めつけていたが、もしかしたら女なのかもしれない。

幽霊坂は暗い。男か女かの見分けはつかないだろう。声を低くすれば女でも男だと思われるし、逆に高くすれば男でも女だと思われるだろう。

もしかしたら最初は偶然幽霊に間違われたということもある。そして落とした金をつい懐に入れたというわけだ。

問題は「うまく金が手に入った」というところにある。もし生活が苦しいのであれば、また同じことをしたくなるだろう。

幽霊坂で幽霊に会ったとなれば、たたりが怖くて口をつぐむ者も少なくはないはずだ。そう考えると、何回かは幽霊坂で事件が起きていそうだった。

榊は、なんとなく着物を見ながら歩いていた。女ものの白い着物が売っている。

手にとって触ってみるとさらさらした感触だ。

よく考えるといいものか悪いものかの判断は榊にはつかないから、触る意味はまったくない。

「花魁《おいらん》の着物ね」

蛍が榊の隣にやってくる。

「そうなの？」

「八月一日は白装束の日なのよ。それにちなんで八月一日に白い着物を着る人達もいるっていうわけ」

「芸者とか？」

「ううん、おかみさん。このへんの芸者は白は着られないの」

「だめなの？」

「白は吉原の色だから。襟だって、白いのは吉原だけ」

「詳しいね」

「そりゃそうよ。吉原の花魁や芸者の着物を見てみんなお洒落するんだから」

「これは夜に目立ちそうな色だね」

盗賊なら目立たない色がいいだろうが、幽霊なら目立つ方がいいのかもしれない。

幽霊を演じている人間は、別の幽霊が目の前に現れたらどうするのだろう。馬鹿馬鹿しいと思うのか、たたりだと思うのか。

もしたたりだと思ってくれるなら面白い。

子供が夜中に出歩くのは問題だが、幽霊ならどうだろう。榊の身長はまだ高くはない。女ものを着れば普通に女に見えるだろう。

「これ、買えないかな」

榊が言うと、蛍が嬉しそうな顔をした。

「買ってくれるの。嬉しい」

蛍の方を見ると、頰が赤くなっている。小躍りしそうな喜び方だ。

捜査のために自分が着る、と口に出せる雰囲気ではない。

「いつも世話になってるからな」

つい言ってしまう。とはいえ、自分の分も必要だ。蛍にどう説明しようか考える。

隠してもしかたがないだろう。

「自分の分も買うけどな」

「自分？」

「幽霊のふりをして犯人を脅かそうと思ってね」

「じゃあ、わたしの勘違いだったってこと？」

蛍の顔が青ざめる。

「勘違いじゃないよ。一緒に幽霊やるだろう？」

夜中に蛍を連れまわすのは少々危ないが、ここは仕方ない。もしいやなら自分から断ってくるだろう。

「やるわよ」

蛍がきっぱりと言った。幽霊が二人というのは都合がいいかもしれない。相手がびっくりして逃げたところにもう一人立っていたら腰を抜かすだろう。

とはいっても、昼間に捕まえられるならそれに越したことはない。どんな人物が幽霊なのかを調べるのが先だと思われた。

「とにかく金をとられた人に会うことからだな。まずは着物を買おう」

涼風家の家計では苦しいが、これは多分捜査の経費でまかなえるに違いない。

「あとで見せにいくね」

蛍が嬉しそうに着物を手にとった。

ぽん、と佐助が榊の右肩に手を置いた。大人の男の笑顔を見せる。

「今日はいい対応です」

「ありがとう」

礼を言いつつ、幽霊が本物ということはないよな、とふと考えたのだった。

「あれは絶対に本物だって」

木戸番の中で、その男は力強く拳を握りしめた。

幽霊長屋に金をとられた男に話を聞きにきたのだ。

「なんでそう思うんだい」

榊が聞く。

「だってあんな顔でさ、唇の端には血もにじんでいてよ。あれは絶対に本物だって」

「わかった。ところで名前を聞いていいかい」

「幽霊長屋の与太郎《よたろう》だよ」

「ほんとうに？　落語じゃないんだよ」

いくらなんでも男のほうが出来すぎな感じがした。

「みんなに言われるけど本当だって」

与太郎は憤慨した様子を見せた。たしかにこんなことで嘘をついても仕方ないだろう。

「それでどんな状況で幽霊に会ったんだい」

「ほら、市ケ谷《いちがや》って濠沿いに夜鷹蕎麦がいるじゃねえか。夜中に腹が減ったら食べに行くんだよ」

たしかに市ケ谷には夜鷹蕎麦がいる。鷹匠が住んでいて、深夜早朝に食事を提供するための蕎麦屋として始まったと言われているだけに、けっこうな数がいる。

「それでどこで見たんだい」

「幽霊坂だよ。宝竜寺《ほうりゆうじ》坂」

「長屋に帰る途中に坂があるんだね」

榊が言うと、与太郎が黙った。

「違うの？」

「まあ、ちょっと寄り道で」

「夜中に寺に寄り道したということかい」

「ああ」

「それはおかしいだろう。寄り道するような場所じゃない」

夜鷹蕎麦を食べたのであれば、長屋にまっすぐ帰るだろう。

「いったいなんで宝竜寺に行ったんだ」

榊がさらに言うと佐助が間に入った。

「少し外に出ていてください。蛍さんと」

「なぜ」

「与太郎がしゃべりにくいからですよ」

それから佐助は与太郎のほうを向いた。

「お前、山猫にひっかかれに行ったんだな」

佐助が言うと、与太郎が右手で頰をかいた。

「面目ねえ」

「行きましょう」

榊は蛍にひっぱられて木戸番から出た。

「あの辺には山猫が出るのかな」

そう言うと、蛍に頰をつねられた。

「あまり世間知らずなことを言うんじゃないの」

「なにかまずいこと言った？」

蛍はため息をついた。

「山猫っていうのは遊女のことなのよ。あの与太郎って人は遊女を買いに行って幽霊に会ったわけ。幽霊を信じるかはともかく恥ずかしいから言いたくないんでしょ」

「なんで山猫なんだろう」

「それは他の人に説明してもらって。わたしにさせないで」

だとすると、与太郎は幽霊を信じてはいないのかもしれない。しかし、先ほどの態度は演技には見えなかった。

しばらく、というほど長い時間ではなく、すぐに木戸番の戸が開いた。

「いいですよ」

佐助が中から顔を出した。

「山猫のことならわかったからいいよ」

そう言うと榊は蛍と中に入った。

「それで、幽霊は男だったのかい」

「女だったと思う」

「だとすると、山猫を幽霊だと見間違えたんじゃないのか」

坂の上に遊女が待っているなら、それが一番ありそうだ。

「それはねえよ。山猫はあんな恰好はしないんだ」

「どんな恰好してたんだい」

「白装束さ」

だとすると、偶然ではない。幽霊の恰好で金を盗もうとしたということだ。悪質な相手であることは確定である。

「もう少し詳しく教えてくれないか」

「いいけど、その前にひとついいかい？」

「なんだ」

「歳を聞いてもいいか？」

「十三歳だよ」

馬鹿にされるのかな、と思ったがそうではなかった。与太郎は感心した様子だ。

「十三か、すごいな。それにしても、十手って十三歳で持てるんだな」

「同心見習いだから」

榊が言うと、与太郎はぽんと手を打った。

「ああ、あのいつも後ろをぞろぞろ歩いてるのは見習いだっけか。それにしても子供だけでも調べるんだな」

「少し訳アリなんだ」

「まあそうだろうな」

与太郎はあっさりと頷いた。こまかいことを考える性質《たち》ではないらしい。歳は二十五歳くらいか。人のよさそうな顔をしている。

「いくらくらいやられたんだい」

「二百文くらいだな。びっくりして銭を紐ごと投げちまったから」

「一日の手間賃の半分くらいかな」

「そうだな」

与太郎が頷く。

仕事を終えて帰ってきたあと、腹が減って夜鷹蕎麦を食べてから女を買いに行ったというところだろう。

「夜中に幽霊坂に行く人は多いのかい」

「多くはないけどいないわけじゃねえな」

「幽霊に会ったのは？」

「俺だけだな」

だとすると、まだ始めたばかりなのかもしれない。同じ場所でやるのかどうかがひとつの鍵だ。

「わかった。ありがとう」

与太郎に礼を言う。

「幽霊かどうかたしかめてみるよ」

「お、ありがとうよ。本物だったら困るからな。とりあえず俺は宝竜寺に行くからよ」

「どうして？」

「寺の境内で山猫なんて買うからばちが当たったのかもしれないからな。お布施でもしてくる」

与太郎は体を震わせた。

確かに罰当たりであることは間違いない。もっとも寺の境内というのは罰当たりだらけだが。一人相撲や女歌舞伎、踊り、ちょっとした市、はては賭場。仏とは関係ない目的で使われ放題である。

といってもその都度寺にお布施がいくから、寺としても文句はないだろう。

「それでどうしますか？」

佐助が聞いてきた。

「まずは宝竜寺に行ってみよう。昼間のうちに」

幽霊坂も実際に見てみたかった。

「わかりました」

佐助が頷く。

蛍も当たり前のように頷いた。

神田明神から市ケ谷まではたいしたことはない。歩いてすぐとはいかないが、すごく大変ということはない。

問題は市ケ谷御門から幽霊坂のほうであった。

「これ、なに」

蛍がいやそうな顔をした。

「坂だね」

榊が答える。

市ケ谷というのはとにかく全部が坂という印象である。坂と武家屋敷と寺だけ。殺風景でなにもないといってもよかった。

「こんなところ誰が来るわけ。お参りにしたってもっと手軽な場所がいくらでもあるじゃない」

「そうだね」

榊も同意する。

昼間だというのに、人通りは少ない。市ケ谷も川のあたりは人でいっぱいだ。何といっても亀岡八幡宮《かめおかはちまんぐう》を有している。

芝居小屋もあれば茶屋もある。客は全部そこに持っていかれて、幽霊坂のある柳《やなぎ》町《ちょう》のあたりは住人しかいないのだろう。

宝竜寺につくと、ひっそりとしていた。たたずまいからすると風格のあるいい寺だ。

「ここまでってなかなか来ないわよね」

蛍が大きく息をついた。

「せっかく来たんだからお参りしていこうか」

榊が言うと、蛍も頷く。

「そうね。御利益あるかもね」

合掌して山門をくぐると手水舎《ちょうずしゃ》に向かう。

坂をのぼってきて喉が渇いているから、口をすすぐ水をつい飲んでしまう。

「うまいな」

思わず声が出た。

「罰当たりね」

言いながら、蛍も飲んでいる。

「蛍だって飲んでるじゃないか」

「仏様は人を助けるためにいるんだから、水くらいけちらないわよ」

蛍がすました顔で言った。

「こんな時分に珍しいですね」

不意に声がした。声の方を見ると、作務衣《さむえ》を着た男が立っている。

「お寺の方ですか？」

「そうです。お参りとは嬉しいですね」

男は笑顔になった。歳のころは十八歳というところだろうか。痩せていて、線が細い。まだまだ修行中といった様子だ。

「ここは来るのが大変ですよね」

「だから全然人が来ないんですよ」

男はそう言って笑った。

「慈円《じえん》と申します」

そう言って頭を下げてくる。

「涼風榊です」

「夏原蛍です」

「佐助です」

三人で頭を下げる。

「お武家さんの御子息御息女がどうされたのですか」

「じつは用事があって来たのです」

榊は十手を出した。慈円は驚いた様子を見せた。

「お若いですね」

「まだ見習いなんですよ」

「お互い修行中ですね」

慈円が笑う。榊もつられて笑った。

「それでなにかあったのですね」

「はい。じつは、幽霊が盗みを働いたんです。そこの幽霊坂で」

榊が言うと、慈円は両手を合わせた。

「幽霊を騙るなどとは罰当たりな。そういう輩は捕まえないといけませんね」

そう言ってから、少し悲し気な顔になる。

「そうはいっても、もう少し幽霊に出て欲しいですね」

「なぜですか?」

「幽霊坂ならうちの寺でしょう。お祓いのために人が来るかもしれません」

商売っ気のあることを言う。

「わたしが幽霊をやりたいくらいです」

そう言ってから、慈円は真顔で榊を見た。

「何時ごろ出たのですか」

「亥の三つです」

「それではわたしには無理ですね」

慈円が肩をすくめる。

「どうして？」

「そんな時間に起きてるのは無理ですよ」

「お寺の人は朝が早いですよね」

榊も納得する。

寺の朝は早い。夜中に幽霊の真似などしていたら、すぐに倒れてしまうだろう。

ということは、慈円に幽霊の動向をさぐってもらうことはできそうもない。

「ここは山猫が出るんでしょう？」

佐助が聞いた。

「そうらしいですね。といっても見たことはないのです。生活している時間がまったく違いますから」

山猫にはついてなにか思うところはないらしい。

「ありがとうございました。これ。お賽銭です」

榊が金を渡すと、慈円が苦笑した。

「ありがとうございます。でも、よければご自分でどうぞ。仏様相手に手抜きはいけませんよ」

「すみません」

恥ずかしくなって、そそくさと賽銭を入れる。逃げ帰るように山門を出た。

「恥ずかしかった」

胸を撫でおろすと、蛍が声をあげて笑った。

「恥ずかしい」

「ほっといてくれ」

顔が赤くなるのを感じた。

「それにしても山猫って言ってたけど、こんなところに本当に夜、客が来るのかな」

ここで商売をするのは無茶な気がした。

「それは間違いないですね」

佐助が頷いた。

「そうなんだ」

「ええ。常連のためだけの山猫ですね」

「常連のため?」

「恐らく宝竜寺の山猫は、与太郎と昼間も顔を合わせてますよ。昼間は普通に接して夜は夜の顔で相手をするんです。知ってる女のほうが盛り上がりますから」

そういうものなのか、と思う。

だとすると、幽霊はそれも知っているのかもしれない。つまり山猫とも顔見知りの人物ということかもしれない。

「どうやって調べればいいのかな」

「山猫に話を聞くといいでしょう」

「知ってる?」

「ええ。与太郎に聞いておきました」

佐助が当然の顔をして言う。

「手回しいいね」

「これは榊さんにはわかりにくいでしょう」

たしかにそうだ。女を買うというあたりはまるで見当がつかない。とにかく、その山猫に話を聞いた方がよさそうだ。

「普段はなにをしている人なんですか」

「煮売り酒屋で働いているらしいです」

煮売り酒屋は酒屋だが、店先で酒も出すし食事もさせる。たいていは簡単なつまみを出すのだが、中には飯のうまい店もある。入ったことはあるが榊が普段使うような店ではなかった。

「この時間ならもう開いてるでしょう」

奉行所は夜の酔っ払いには厳しい。だから、仕事が休みの人々は朝から飲んで昼には寝てしまうということが多い。

そのせいもあって、雨の日の方が繁盛する店であった。

「どこにあるんだい」

「市ケ谷田町《たまち》の杉屋横丁の店みたいですよ」

「どんなところなんだい」

「店は知りませんけどね。市ケ谷といえば八幡町が一番混雑しています。ただ、いろんな人が来るからやや値段が高い。田町は少しはずれているから穴場の安い店があるんですね」

何はともあれ行ってみるしかない。

今度は坂を下りて市ケ谷御門のあたりまで行く。八幡町の隣、田町を歩いていく。八幡町は水茶屋が多いが、田町は煮売り屋のほうが多い。団子屋もふくめてやや安価な店が並んでいた。

杉屋横丁まで行くと「あらごし屋」という看板があった。中から美味しそうな匂いが漂ってくる。「酒。めし」とあるから食事もできるようだ。

中に入ると、元気そうな女性が声をかけてきた。

「いらっしゃい。ご飯ですね」

「はい」

榊が答えると、すぐに席に案内してくれた。店の中には座敷があって、簡単に食事ができるようになっている。

店の中は朝から飲む連中でにぎわっていた。

給仕をしている女性は一人で、あとは男がやっている。客への応対を見ていると、常連が多いらしい。

「あれが山猫なんでしょうか」

「間違いないですね」

佐助が頷く。

「綺麗な人ですね」

もちろん顔立ちという意味もあるが、表情がくるくると動いて、明るい雰囲気を出している。男達がいかにも癒されそうだ。

「ああいう人が好きなの？」

「え、嫌いな人はいないんじゃないかな。優しそうで」

「そう、よかったわね」

蛍が露骨に機嫌の悪そうな表情になる。

不意に佐助に足を踏まれた。同時に目配せをされる。

なにか失敗したのだと即座にわかる。

蛍の表情からして、山猫をほめたのが原因らしい。かといってけなすというのも違う。蛍をほめてなんとかすべきだろう。

そう考えたが、ほめるところがない。ないというか、どうほめていいのかわからない。隣にいるものだと思っているから考えないのである。

「なに？」

蛍が露骨に不機嫌そうな顔を見せた。

「蛍を褒めようと思ったんだけどさ。隣にいるのが自然すぎてどう褒めていいかわからない。ごめん」

榊は頭を下げた。

「自然なんだ」

蛍が言う。

「そうだね。蛍が隣にいない自分を考えたことがないからな。そのせいで気が利かないことをしたならごめん」

「まあ、しかたないわね。榊の気が利かないのは昔からだから」

言いながらなぜだか蛍の機嫌はなおっていた。気が利かないと正直に言ったところがよかったに違いなかった。

「それにしてもどうやって声をかければいいんだろう」

「お姉さんも買えるんですか、と言えば平気です」

「佐助に頼んでいい?」

「小者ですから。無理ですね」

佐助は楽しんでいるのかもしれない、とつい思う。だが、確かに十手を預かっているのは自分なのだ。

「わかった」

しばらくして、山猫の店員が注文をとりにきた。

「おでんとご飯と味噌汁を三人前」

「はい」

「あの」

思いきって声をかける。

「なんでしょう」

「お姉さんも……売ってるんでしょうか」

つい声が上ずった。顔も赤くなる。これはあくまで泥棒を捕えるための手段だと思っていても体が震えてしまう。

「一応元服してるのよね。いくつ？」

「十三歳です」

「売ってる」

山猫は楽しそうな笑みを浮かべた。

「いつ買いたいの？　今夜？」

「あ。違うんです」

榊はあわてて両手を振った。

「幽霊坂に出た泥棒のことを調べてるんです」

言いながら十手を出す。

「それでお姉さんがあそこで商売してるって聞いて話を聞きたかったんです」

榊の言葉に、山猫は一瞬興醒めという表情になった。が、すぐに気を取り直したらしい。

いたずらっぽい様子を見せる。

「いいのよ。買ってくれて」

「許してください」

頭を下げる。

山猫はなにがおかしかったのか吹き出した。

「いいのよ、可愛い子の嫉妬もいやだし。それにしても若い十手持ちね」

「見習いの涼風榊です」

「山猫のお仙《せん》よ。よろしくね。それでなにが聞きたいの。といってもいまは少し困るんだけど。忙しいから」

「夜にでも来ます」

「あのね。体は買わなくていいけどお金は払ってほしいのよ。あなたの相手をしてる間は商売にならないでしょう」

「そうですね。わかりました」

「じゃあ暮れ六つに来て」

そう言うとお仙は仕事に戻った。ほどなくしておでんが運ばれてくる。豆腐と大根、こんにゃくが醬油で煮しめてある。

焼いた味噌が添えてあった。

「美味しそうだね」

豆腐を食べると、やや濃い目の醬油の味が美味しい。少し味噌をつけてから飯の上に載せると、いくらでも食べられそうだった。

「美味しいわね」

蛍も気に入ったようだった。

食べながらなんとなく店の中を見る。幽霊の手がかりがあるとも思えないが、この常連がお仙恋しさに幽霊にひっかかるということもありえる。

客の中に与太郎がいた。

どうやら憂さ晴らしに飲んでいるらしい。たしかにたいして盗まれたわけでもないから、飲んで憂さ晴らしするのがいいのかもしれない。

店の中をよく見ると、お仙狙いの客が多いような気がする。そう考えると幽霊坂にはそれなりに人がいることになる。犯人はそれを知っていてやったのだろう。だとすると、この店の常連の中に犯人がいるのではないかと思われた。

食べ終わると一旦店から出る。

「夜は一人で行くよ。危ないからね」

夜道で幽霊に扮した相手と戦うことになるかもしれない。そうだとしたら蛍には危険すぎる。

「そんなこと言って、山猫と遊ぶんじゃないわよね」

「そんなことはしないよ。そもそも今日のところは幽霊坂まで行かない」

何の準備もせずに幽霊坂をのぼる気にはならなかった。

一度家まで戻ると、暮れ六つ近くまで少し眠った。

起きたときにはもう夕方だった。

水を飲もうと思って台所に行くと、花織が居間にいた。

「どうしたんですか、姉さん」

「榊が心配で戻ってきたのよ」

「心配ってなにが？」

「山猫に襲われないかと思って」

「佐助が言ったんですね」

「そうよ」

それから花織がにっこりと笑った。

「山猫に食べられてはだめよ。それならわたしに言いなさい」

「言いませんよ」

言い返してから、ふと気になって花織に訊ねた。

「姉さんはどんなやつが犯人だと思いますか？」

「それは自分で考えなさい。でも、解決を焦らずに少し泳がせておいた方がいいかもしれないわよ。同じ場所に幽霊が出るならね」

花織はなにか思いあたるところがあるようだ。

果たして同じ場所に幽霊が出るのだろうか。

まずはお仙にあらためて聞いてみるしかない。たしかに、一度で消えてしまうなら調べても捕まるはずがない。

味をしめて何度もやるのかが焦点だ。

「行ってきます」

声をかけて家を出た。

今夜は佐助もいない。一人である。同心見習いだから小者を連れてなくても問題ない。本当の同心なら小者を連れて歩かないということはありえない。

同心の仕事は小者あってのもので一人ではほぼなにもできないのである。小者が持っている「挟み箱」という箱の中にさまざまなものが入っている。

まず着替え。同心は見回りのときと捕り物のときは着物が違う。捕り物用の動きやすい着物は箱の中に入っている。

それから十手。普段の十手は見せるための十手で、捕り物のときは三尺以上ある長い十手を使う。他に捕り縄や刺又《さすまた》なども入っている。

同心は手ぶらで必要なものは全部小者が持っているのだ。

だから一人だと捕り物はできないということになる。

榊の場合は大がかりな捕り物には参加できない立場だから、小者は「おつきのお兄さん」くらいで、いなくても支障はない。

半人前ゆえの身軽さでもある。

市ケ谷は昼間に来るのと夜に来るのでは景色がまるで違う。昼間は参拝客で賑わっていて、子供の姿も多い。

それが夜になると、提灯がすき間なく連なる遊びの町になる。

昼間とはまるで違う騒がしさだ。まだ若い榊が歩いていると浮いてしまう。佐助に連れられてきた方が自然だったか、とも思うが、ここはやはり一人でやるべきだろう。

あらごし屋に着くと、中は客でいっぱいだった。とはいっても店はそろそろ閉まる時分だ。仕上げに飲んでいるという客も多い。

「いらっしゃい」

お仙が目ざとく榊を見つけた。

「席は用意してあるからね」

お仙に連れられて店の中に入ると、全員の注目が集まる。それはそうだろう。こんな時間に武士の子供が入ってきたら誰でも見つめたくなる。武士である以上お仙の親族である可能性もないからだ。

だからお仙を「買いに」来たのかと勘ぐっているのだろう。

この中に幽霊はいるのだろうか。なんとなく考える。

榊が思うに、もし幽霊をやるなら、お仙を買う客を狙うことになる。だからここで様子を見て、誰をおどかすのか決めているのではないだろうか。

幽霊をまったく信じないで暴れるような客には幽霊は出ない、ということではないかと思う。与太郎で味をしめてまたやるならそうやって狙う相手を見きわめているはずだ。

だとすると犯人を挑発したほうがいいのだろうか。榊がお仙を買うとなれば動きそうだ。

「昼と同じで悪いわね」

お仙がおでんを持ってきた。

「もうすぐ店が閉まるから待ってね」

「はい」

返事をしておでんを食べる。

一人の男が、お仙に近寄ってきた。少し崩れた格好のいわゆる「ごろつき」だ。

酒で赤くなった顔で榊を睨む。

「おう、お仙。お前まさかこんなガキに買われるんじゃないだろうな」

お仙はあきらかにむっとした表情になった。

「いけない？　今日のわたしはこの坊やのものだよ」

お仙が榊の顔を抱きしめる。かすかに香の匂いがした。

男達が色めきたつ。

が、その中に一人、他の男達とまったく違う反応をした客がいた。冷笑するでもない。なんとなく温度が低い感じだった。

あれが犯人か、と思う。しかしいくらなんでも安易すぎるだろう。眺めていると、男は金を置いて出て行った。

お仙はまだ男達と揉めている。

いま揉めている男達は幽霊にはなりそうもない。いや、待て、と榊は思う。与太郎は本当にはじめての被害者なのだろうか。

「あの、みなさん」

榊は声をあげた。

「この中で、幽霊坂で幽霊を見た人はいませんか？」

榊が言うと、男達が黙った。

おや、と思う。どうやら与太郎がはじめてではないらしい。

「なんでそんなことを聞くんでえ」

最初にからんできた男が言った。やや顔色が悪い。柄の悪そうな風体だが、幽霊には弱いらしい。

もうすでに味をしめていたというわけか。

「幽霊の絵を描きたくて。絵師の見習いなんです」

まさか捕り物とも言えないから、絵ということにした。

「お仙のことも描くのか？」

「描くかもしれません」

そう答えると、男達の態度が見る間に柔らかくなる。

「でも、あの幽霊はヤバいよ。俺は翌日すぐに宝竜寺にお布施に行ったからな」

「なぜですか？」

「だってよ。罰当たりだっていうんだぜ」

「幽霊が？」

「そうだよ。もう怖くてさ」

男が体をふるわせる。

いくらなんでも幽霊が「罰当たり」なんて言葉をつかうわけがない。が、お仙の周りの連中はみな震えている。

江戸っ子は幽霊に弱い。疑う人間があまりいないのだ。

だとするとやりたい放題である。

それにしても、罰当たりという言葉が気になる。

「何人くらい幽霊に会ったんですか？」

聞いてみると、五人いた。

「どうして奉行所に届けなかったんですか？」

榊が聞くと、男達が驚いた顔をした。

「なに言ってるんだ、お前。うかつに届けてみろ。世間を騒がす不届き者って言われて下手したら牢屋に入れられちまうよ。幽霊に会ったなんて言えるわけねえさ」

奉行所はまったく味方ではないらしい。

町人の心は大分奉行所から離れているのかもしれない。榊は同心の家で育っているから奉行所は味方という意識があるが、町人はそうでもないのだろう。

もしかしたら遠山金四郎は町人の心の離反を警戒して、榊に色々命じるのかもしれない。子供の榊なら摩擦も少ないだろうと考えて。

「どこで幽霊に会いましたか？」

「幽霊坂に入ってすぐだな」

「俺もそうだ。曲がり角を曲がってすぐのところだ」

どうやら幽霊坂に入ったところで待ちかまえているらしい。

「どんな着物でしたか」

「白だな。女じゃないかな、きっと。よく見てないけど」

男達が頷く。

怖くてちゃんと見ていないらしい。これではまったくあてにならない。

「では行きましょう」

お仙が榊の手をひっぱった。そのまま宝竜寺のほうに連れていこうとする。

「宝竜寺まで行かなくてもいいのではないですか」

「現場を見ないでどうするのよ」

そう言われて、それもそうだ、と思い直した。昼の幽霊坂を見て想像したのではだめだろう。

坂の下からのぼっていくと、やはりかなり厳しい坂である。しかしそれよりも問題なのは、あたりがまるで見えないことだ。

家の明かりも漏れ出ていなくて、闇に目が慣れるまでは歩くのもつらい。

これはたしかに幽霊が出そうだった。

「大丈夫？　ここは慣れないところぶこともあるから。手を引こうか？」

「大丈夫です」

いくらなんでも手を引かれるのは恥ずかしい。

「それにしても暗いですね」

「武家屋敷と寺しかないからね。長屋があるといっても、木戸の向こうだろう。道まで明かりが届くことはないよ」

満月ならまだしも、そうでもない限り本当にあたりが見えない。

「提灯を提げて歩くようなことはないんですか」

榊が言うと、お仙は声をあげて笑った。

「そんな贅沢できるようなら苦労はないよ」

お仙を見失わないようにしながらなんとか歩く。

「このあたりが幽霊坂だよ」

言われた場所は、道の両側に柳があって、葉がゆるやかにそよいでいる。気のせいか空気がやや冷たかった。

「ここで幽霊だって言われたらたしかに怖いですね」

納得がいく。

お仙はそのまま山門まで歩いていった。山門のわきに空地があって、そこに筵《むしろ》が敷いてあった。

「ここがわたしの商売の場所さ」

「外なんですか？」

「そうだよ。山猫だもの」

「山猫ってなんですか？」

榊が聞くと、お仙は口を手で覆って笑い出した。

「子供だものね。知らないよね。寺の境内や山門で体を売る女を山猫っていうのさ。なんでそう言うのかは知らないけどね。女は体を売る場所で名前が違うんだよ」

お仙は、榊の手を握ってくる。

「しないの？」

「すみません」

「気に入らない？」

闇の中なので声だけである。が、その声はなんともいえず蠱惑的で頭がくらくらした。

「そうではありません。でも、蛍が怒りそうです」

闇の中から笑い声がした。

「いいわね。そういう相手がいて」

「お仙さんはいないんですか？」

「こんな仕事してるとなかなかね。でも、こんなわたしでもいいって人が最近できたんだ。だから幽霊を退治したら山猫はやめる」

お仙は明るい声で言った。

「それで、お仙さんは幽霊を見たんですか」

「見てはいないんだ。声が聞こえるといったら聞こえるけど、大声じゃないんだよね。くぐもった声が聞こえるだけ」

「ここからならよく聞こえそうですけどね」

「そうね。みんな腰をぬかしてるんじゃない」

お仙が面白そうに笑った。

たしかにそれはありそうだ。

「幽霊はお仙さんの客の中にいるんでしょうか」

榊が言うと、お仙は首をかしげた。

「どうだろう。あいつらみんな馬鹿だからねえ。脅かされることはあっても脅かすようなことはないんじゃないかい」

お仙の言葉は多分本当だろう。客は気のいい連中な気がする。だとすると客以外ということになる。

偶然、幽霊としてわいて出てくるのだろうか。

「ほかにこのへんを通る人っているんでしょうか」

「坊主の慈円くらいね」

「慈円さんはお寺から出ることもあるんですか」

「しょっちゅうよ。うちの店にもよく酒を買いにくるわ」

「お坊さんはお酒を飲まないいんじゃないんですか？」

「それは建前よ。金があれば毎晩飲んでるわ。でも、宝竜寺は人があまり来ないから酒代には困ってたわね」

ということは素直に慈円が犯人ではないだろうか。修行のために夜遅くまで起きていられないのはわかるが、住職もぐるなら簡単だ。

お仙の店に酒を買いにきてあたりをつけて、いい客が来るときに幽霊として出る。さらには宝竜寺にお布施に来る客も増えるという寸法だ。

単純なやり方だが、みなが奉行所を信用していないなら実にいい方法だ。

つまりこの問題の根本は、同心に信用がないことにつきる。

「わかりました。犯人はうまく捕まえられると思います」

「役に立ったんだね」

お仙が嬉しそうな声になる。

「はい。ありがとうございました」

「じゃあお礼をちょうだい」

「おいくらですか？」

榊が懐に手を入れる。

「お金じゃないわ」

お仙が手を握ってきた。

「なんかその気になってきちゃった」

体を寄せてくる。

「いや。それはだめです」

あわてて逃げようとしたが、案外力が強い。

「役に立ったんでしょう」

お仙の匂いが顔のまわりを包む。抱きしめられたらしい。

「はい。そこまで」

不意に後ろから声がした。

「うちの弟に手を出さないで」

振り返ると誰もいなかった。


体にじっとりと汗をかく時分になって幽霊坂のあたりに着いた。

緑雲寺から宝竜寺までの坂が幽霊坂だ。みなが出会っているのは緑雲寺あたりの場所に違いない。それでも宝竜寺にお布施に行くのは突き当たりだからだろう。

人がいるとなんとなくわからないではないが、道の端にでもしゃがんでいれば見つけるのは難しいような気がした。

武家屋敷の門の前に身をひそめる。建前では門番がいるはずだが、そんなことをすれば金がかかるので門番を置いている屋敷はまずない。

だからかっこうの隠れ場所だった。

しばらく待っていると、男が坂をのぼってくる足音がした。雪駄を履いているらしく、夜道にちゃらちゃらと金具の音が響く。

息を殺して待っていると、男の目の前に、白い着物を着た女が現れた。いかにも幽霊という感じである。

男のほうは、おどろいて声が出ないらしい。

身を乗り出して見ると、幽霊がなにか囁いている。男はあわてて銭を投げ出して逃げてしまった。

幽霊が金を拾っている。金を集める幽霊などいるはずがない。心の中に少しだけ残っていた恐怖が消えた。

幽霊が幽霊坂を上がっていこうとするのに立ちふさがった。

「慈円だな」

きっぱりと決めつける。間違っていたらかなり恥ずかしいが、多分間違ってはいないだろう。

幽霊はあわてて坂を上がりはじめた。

普段から慣れているのだろう。榊では追いつけそうになかった。

「わたしは置いていって」

幽霊坂に向かう途中で合流した蛍が言う。

しかしそうしたとしても追いつけそうにない。

と、幽霊坂の途中に、ふわりと誰かが立った。白い着物を着ている。着物は血で真っ赤に濡れているように見えた。

逃げている幽霊のほうがとまる。

「まさか。幽霊なんているはずがない」

声が聞こえた。あきらかに男の声だった。

男が榊のほうを向いた。

「あいつを捕まえてくれ」

しかし、榊も動けない。蛍がぎゅっとしがみついてきた。こちらは本物かもしれないと思う。

目をつぶってから開けると幽霊はもういなかった。震えている偽物幽霊が残っている。

「慈円だね」

榊が近寄ると。震えながら頷いた。

「すみません」

「たたられないといいね」

本気で言う。

「すみません」

慈円がもう一度言った。

あれはなんだったんだろう、と思いつつ、幽霊騒動は解決したのであった。

★

「もらさなかった？」

花織が上機嫌に言う。

「わかっていましたから」

榊が胸を張った。

幽霊の正体は姉であった。

本気で怖かった、とは意地でも言うことはできない。

「へえ。わかってたんだ」

花織がからかうように言う。

「もちろんですよ」

「ならいいけどね。事件も解決したし」

花織はそれ以上はなにも言わなかった。

「ところで姉さん」

「なに？」

「同心というのは庶民から信用されているのでしょうか」

榊が聞くと、花織はにっこりと微笑んだ。

「榊が大人になるころには、そうなっているといいわね」

つまり、いまはそうではない、ということだ。榊が思うほどには奉行所もうまくいっていないということだろう。

「あなたが変えるのよ。榊」

花織が真顔で言う。

なんという無茶を言うのか、と思うが、花織はきっと本気だろう。そして遠山金四郎もきっと本気に違いない。

どうして榊なのかはわからないが、子供だからできることをしていくしかないだろう。

「がんばりますよ」

榊が言うと、花織が後ろから榊を抱きしめてきた。

「がんばってね」

「はい」

返事をすると、花織がいたずらっぽい声を出した。

「ねえ。山猫のこと、もったいなかったたって思っている？」

「思ってません」

「わたしが山猫をやってあげようか」

「けっこうです」

榊は体を振りほどいた。

「けちなのね」

花織がすねたような顔をする。

「いい加減にしてください。姉さん」

これがなければいい姉なのだがと思う。いずれにしても、今後も姉とはうまくやっていくしかない。

どう言おうか、と思っていると蛍が来た。

「蛍ちゃんのところに行きなさい」

そう言うと花織は榊に背中を向けた。

「事件が起きたら、またね」

そう言って去っていく。またねもなにも一緒に住んでいます、と言いそうになったが、そこは触れては駄目なのだろう。
「今日も見回りにいきましょう」
蛍が元気に腕を組んできた。
一応真面目な務めのはずなのだが、と思うが考えてもしかたない。
姉と幼馴染に挟まれて江戸の治安を守るのが役目なのだろう、と肚《はら》を決めた。
そして榊は、事件を求めて町へと歩き出したのだった。

この作品は書き下ろしです。

捕り物に姉が口を出してきます
五月大福

神楽坂淳

2021年6月5日　第1刷発行

発行者　千葉 均
発行所　株式会社ポプラ社
〒102-8519　東京都千代田区麹町4-2-6
ホームページ　www.poplar.co.jp
フォーマットデザイン　bookwall
組版・校正　株式会社鷗来堂
印刷・製本　中央精版印刷株式会社

N.D.C.913/217p/15cm　ISBN978-4-591-16904-9

P8101415

失せ物屋お百

廣嶋玲子

「化け物長屋」に住むお百の左目は、人には見えないものを見る不思議な力を持つ。お百はその目を使っていわく付きの捜し物を行う「失せ物屋」を営むが、そこに化け狸の焦茶丸が転がりこんできて――。忘れた記憶、幽霊が落とした簪。奇妙な依頼に隠れた江戸の因果を、お百と焦茶丸が見つけ出す。

けものよろず診療お助け録

澤見彰

同心の娘・亥乃が出会ったのは、比野勘八と名乗る青年。挙動が怪しいが、亥乃が抱えるウサギの不調を見抜き、手当の方法を伝えてくれた。勘八は薩摩藩の武士だが、前島津公が集めた様々な動物が暮らす「蓬山園」を管理しており、動物の知識は藩邸一だという。勘八の下には不調を抱えた動物たちが連れてこられるが、その裏には色んな事件が隠れており……。もふもふ多め、心温まるお江戸の動物事件簿！

ポプラ文庫好評既刊

臆病同心もののけ退治

田中啓文

北町奉行所に勤める同心・逆勢華彦は、剣の腕はたつが、生来の臆病。その臆病がわざわいして捕り物でしくじり、尾田仏馬の組――通称「オダブツ組」に組替えとなってしまった。意気消沈して出仕した華彦を待ち受けていたのは、オダブツ組の意外な仕事――江戸の町に現れる魑魅魍魎を見つけ出し、吟味し、退治すること――だった。伊賀のくノ一、落語家、力士、人の心が読める子供……一筋縄ではいかないオダブツ組の仲間とともに、華彦は江戸の怪異に立ち向かう。

ポプラ文庫好評既刊

八幡宮のかまいたち
江戸南町奉行・あやかし同心犯科帳

永山涼太

「とりもちの栄次郎」の異名を持ち、事件解決の腕にかけては江戸じゅうで右に出る者のいない孤高の同心・望月栄次郎と、名奉行の三男で直心影流の使い手・筒井十兵衛のコンビが、「永代橋のたもとに弁慶の亡霊が出る」「八幡宮でかまいたちに切りつけられた」といった庶民を震え上がらせる不可思議な事件の解決に乗り出すことに。気鋭の若手時代小説作家による新感覚時代小説！

ポプラ文庫好評既刊

浜風屋菓子話

日乃出が走る〈一〉新装版

中島久枝

老舗和菓子屋のひとり娘・日乃出は、亡き父が遺した掛け軸をとりかえすため、「百日で百両、菓子を作って稼ぐ」という無謀な勝負に挑む。しかし、連れられたのは、客が誰も来ない寂れた菓子屋・浜風屋。仁王のような勝次と、女形のような純也が働くが、二人とも菓子作りの腕はからっきしで——。はたして日乃出は奇跡を起こせるのか？　いつもひたむきな日乃出の姿に心温まる人情シリーズ第一弾！